AF215125

Mariou
Walnussfrau und Wurzelmann
Märchen aus dem Pflanzenreich
Band 2

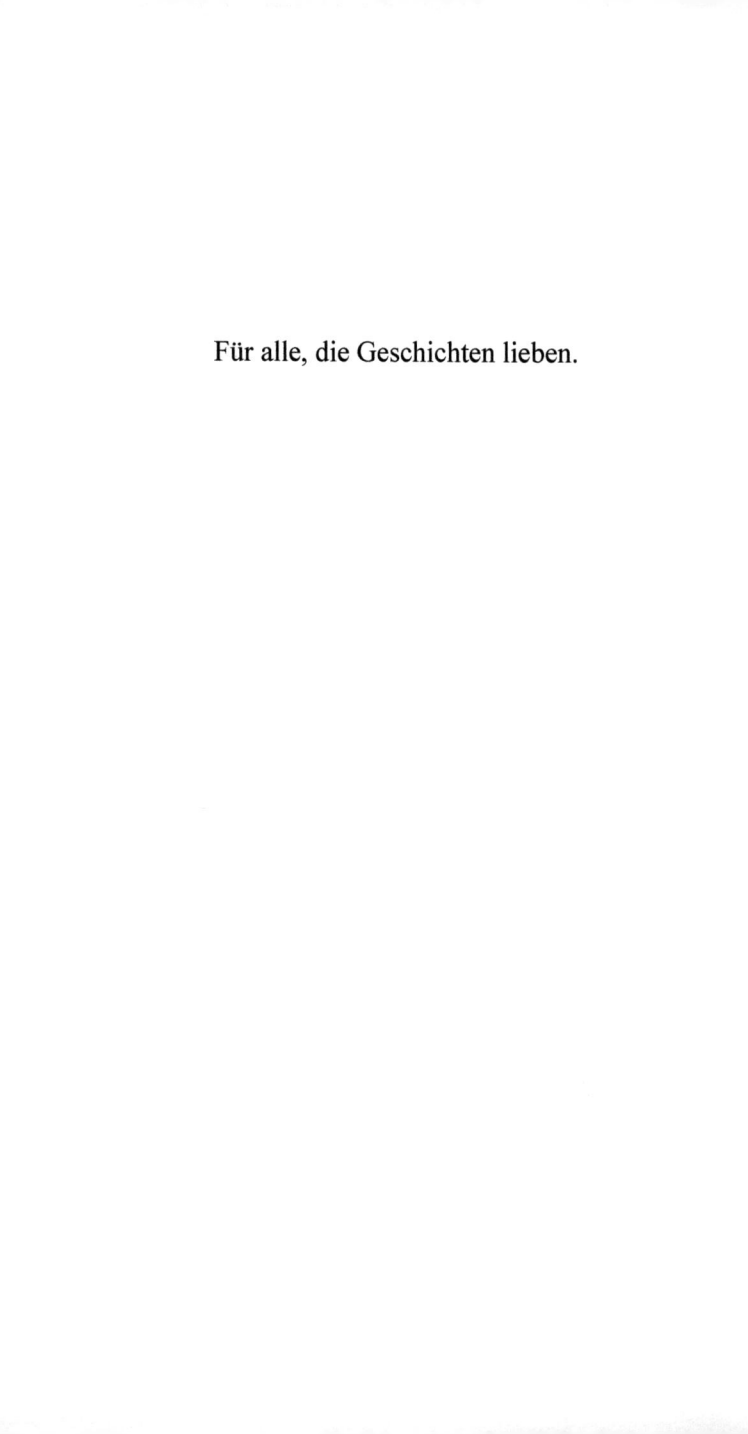

Für alle, die Geschichten lieben.

Mariou

Walnussfrau und Wurzelmann
Märchen aus dem Pflanzenreich
Band 2

Bibliografische Information der Deutschen
Nationalbibliothek:
Die Deutsche Nationalbibliothek verzeichnet diese
Publikation in der Deutschen Nationalbibliografie,
detaillierte bibliografische Daten sind im Internet
über http://dnb.dnb.de abrufbar.

©2018 Marion Wiesler
Grafiken: Veronika Tanton
Herstellung und Verlag:
BoD – Books on Demand, Norderstedt

ISBN 978 3746007632

Inhalt:

Manche dieser zwölf Geschichten entstammen vollständig meiner eigenen Feder, manche sind alte, weitverbreitete Märchen, die ich hier in der Variante wiedergebe, wie ich sie erzähle.
Auch wenn jede Erzählung an Lebendigkeit verliert, wenn sie auf Papier festgehalten wird, so ist sie dafür für den Leser immer und überall ein Fensterblick in das Reich der Pflanzenwesen, nicht nur an meinen Erzählabenden.

"Eine gute Geschichte ist wie ein Kuss für die Seele!"
Mariou

Der Apfel der Unsterblichkeit

Einst lebte in einer kleinen Hütte in einem Wald ein weiser Mann namens Anasindhu, gemeinsam mit seiner Frau Parvati. Seine Weisheit war weitbekannt und viele Menschen kamen zu ihm, um ihn um Rat zu fragen. Immer war er gütig zu den Pilgern, gab ihnen Speis und Trank, kleidete sie und half ihnen, so gut er konnte. Auch lebte er so bescheiden und im Gebet versunken, dass der Herr beschloss, es ihm zu lohnen. So sandte er einen Engel hinab, der trat vor Anasindhu und reichte ihm einen Apfel. "Siehe, der Herr des Himmels ist so angetan von deinem Leben, dass er diesen Apfel der Unsterblichkeit schickt. Isst du ihn, so wirst du ewiges Leben erlangen."

Erst zierte sich Anasindhu, dass er des Geschenks nicht würdig sei, doch der Engel bestand darauf. Als Anasindhu eben in den Apfel beißen wollte, da fiel ihm Parvati, seine Gattin ein. All die Jahre war sie ihm eine treue Gefährtin gewesen, hatte die Pilger bekocht und sich um ihn gekümmert, sollte sie nicht auch an diesem Geschenk teilhaben?

So ging Anasindhu hinter das Haus, wo Parvati im Gemüsegarten arbeitete, und erzählte ihr vom Geschenk Gottes. Doch Parvati reagierte anders als erwartet: "Apfel der Unsterblichkeit? Nein danke! Mir reichen schon die letzten Jahre, die wir hier in diesem dunklen Wald hocken! Meinst du, ich will ewig hier leben? Wirklich nicht! Ich will mich mit Freundinnen zum Tee treffen, ins Theater gehen, nicht hier bei Wurzeln und Nüssen darben, und das dann noch in alle Ewigkeit!"

"Aber..." Anasindhu war sprachlos, was selten vorkam. Er liebte die Ruhe des Waldes, das Rauschen des Windes, den Frieden, und er hatte immer gedacht, Parvati dachte genauso.

"Also, Mann, ich habe das wirklich satt. Besser, du verkaufst den Apfel. Irgendein Idiot zahlt sicher viel dafür, auch wenn keiner wissen kann, ob der Apfel wirklich ewiges Leben verleiht. Und dann ziehen wir in die Stadt, und du baust von dem Geld Tempel und Armenküchen, was meinst du, das verleiht wahre Unsterblichkeit und tut den Menschen Gutes, denn wäre es denn nicht egoistisch, alleine ewig zu leben, wenn du stattdessen vielen Menschen zu einem guten Leben verhelfen könntest?"

Da musste Anasindhu seiner Frau recht geben. Wahrlich, was war er doch mit einem klugen Weib gesegnet! Und so geschah es, dass sie sich auf den Weg zum König machten, um ihm den Apfel zu verkaufen.

Der König fühlte sich sehr geschmeichelt und ließ Anasindhu sechs Säcke voller Gold dafür geben.

Als der König sich nun dazu anschickte, den Apfel zu essen, der ihn zum ewigen Herrscher dieses Reiches machen würde, da erblickte er seine Frau. Was war sie doch schön! War sie es denn nicht viel mehr wert, ewig mit ihrer Schönheit die Welt zu erfreuen?

So reichte er den Apfel seinem Weib. Diese lächelte und begab sich in ihre Gemächer, um nachzudenken. Eigentlich sehnte sie sich bereits nach einem Ende ihres Lebens, sehnte sich danach, alt und hässlich zu werden und nicht mehr Stunden mit dem Kämmen,

Schminken und Repräsentieren verbringen zu müssen. So beschloss sie, den Apfel ihrer Tochter zu schenken. Die war jung und schön, wie viel mehr hätte die Menschheit davon, wenn sie ewig lebte.

Die Tochter nahm den Apfel an, bat sich aber Bedenkzeit aus, denn sie müsse sich erst selbst prüfen, ob sie so einer Gabe würdig sei. Dies freute die Königin. Nicht nur würde die Lieblichkeit ihrer Tochter auf ewig der Welt erhalten bleiben, nein, auch ihre bescheidene Klugheit.

Die Prinzessin begab sich in ihr Zimmer. Doch sie grübelte nicht über den Apfel nach und ob sie seiner würdig wäre, sondern dachte an den Gardeoffizier, den sie jeden Morgen vorbeireiten sah. Wie prächtig war der! "Er soll den Apfel des ewigen Lebens erhalten, auf dass er seinem Vaterlande für alle Zeit ein Beschützer sei und die Frauen mit seiner Erscheinung erfreue!"

So warf sie am nächsten Morgen dem Gardeoffizier den Apfel mit einem Brieflein daran zu. Wie freute der sich erst, ein Geschenk der Prinzessin zu erhalten! Doch als er den Brief gelesen hatte, runzelte er die Stirne. Auf ewig das Vaterland verteidigen und auf ewig nur eine herzallerliebste Erscheinung für edle Fräulein sein, nein, das behagte ihm gar nicht.

Als er nachdachte, begegnete ihm eine junge Zofe der Prinzessin. Ach, dachte der Gardeoffizier. Die Prinzessin mag schön sein, aber sie ist eine verbotene Frucht in Gottes Garten Eden für mich. Dieses Zöfchen jedoch, wie ist sie allerliebst, wahrlich dazu geschaffen, auf ewig die Männer zu erfreuen.

So schenkte er ihr den Apfel der Unsterblichkeit. Sie steckte ihn ein, erbat sich aber Bedenkzeit, ehe sie dem Gardeoffizier nach seinen Wünschen dafür danken wollte.

Am nächsten Tag ging die Zofe durch die Stadt, da begegnete ihr eine reich geschmückte Sänfte, getragen von prächtigen Dienern. Darin saß Anasindhu mit seinem Weib Parvati. Die junge Zofe trat neben die Sänfte und knickste. "Werter weiser Mann, ich habe viel von eurer Klugheit gehört. Gewiss seid ihr wesentlich geeigneter, dieses Geschenk anzunehmen und zu würdigen als ich; es ist der Apfel der Unsterblichkeit."

Anasindhu staunte, doch er nahm den Apfel an.

Parvati lächelte ihm zu. "Liebster Mann, sieh, Gott meint es gut mit uns. Das Leben in der Stadt hat dich nicht glücklich gemacht, ich weiß, du verzehrst dich vor Heimweh und das meiste deines Geldes gibst du für wohltätige Zwecke. Es war ein Fehler von mir, dich hierher zu überreden, und auch mich hat das Leben hier nicht glücklich gemacht, ich sehne mich nach unserer stillen Hütte und bin nun bereit, dort ewig mit dir zu leben. Dass der Apfel zu uns zurückgekehrt ist, ist wohl ein Zeichen Gottes, lass ihn uns sogleich verzehren."

Anasindhu zog sein Messer heraus, doch in dem Moment, da er den Apfel in zwei Teile schneiden wollte, musste der eine Sänftenträger niesen. Die Sänfte ruckelte, der Apfel fiel aus Anasindhus Hand und rollte über die Straße. Wie es der Zufall so wollte, kam gerade ein Hund vorbei, jagte hinter dem rollenden Apfel her und ohne über Unsterblichkeit und Würdigkeit nachzudenken, verschlang er ihn.

Und so erzählt man sich in Indien, dass bis zum jüngsten Tag ein Hund streunend durch die Gegend läuft, ewig und immer, während den Menschen die Unsterblichkeit verwehrt blieb – was vielleicht nicht das Schlechteste ist.

12

Die Ernte des Gefangenen

Vor vielen Hundert Jahren lebte in Schweden ein junger Mann namens Arild Ugerup. Von Geburt war er Däne und entstammte einer reichen Familie, die schon seit langem friedlich in Schweden lebte. Sie waren geachtete Mitglieder in ihrer Gemeinde. Arild war sogar mit dem schwedischen König Erik befreundet und Gast auf seiner Hochzeit gewesen.

So lebte er glücklich, bis eines Tages Dänemark und Schweden miteinander in Krieg traten und der dänische König von Arild forderte, dass er auf der Seite Dänemarks kämpfe, auch wenn er in Schweden lebte. Geburt und Abstammung zählten damals mehr, als der Ort, an dem man schon lange lebte. Auch wenn der König Schwedens Arilds Freund war, so musste er nun gegen ihn in den Kampf ziehen, ob er wollte oder nicht.

Im Zuge der Kämpfe wurde Arild von den Schweden gefangen genommen und saß nun als Gefangener im Verlies seines ehemaligen Freundes König Erik. Zu allem Überfluss erhielt er nun auch noch einen Brief seiner Verlobten Thale, in dem sie ihm mitteilte, dass sie ihn zwar immer lieben werde, ihr Vater sie aber zwinge, einen anderen zu heiraten, da mit Arilds Rückkehr nicht zu rechnen sei. Nachdem Arild sich eine Weile bemitleidet hatte, fasste er einen Plan. In seiner Verzweiflung bat er um Papier und Tinte und schrieb einen Brief an König Erik:

"Verehrte Majestät, werter früherer Freund, gewährt mir eingedenk unserer früheren Freundschaft eine

Gunst. Meine Verlobte, die ich inniglich und von ganzem Herzen liebe, muss einen anderen heiraten, wenn ich nicht heimkehre. Lasst mich zu ihr und sie ehelichen. Dann lasst mich noch so lange bei meinem Weib sein, bis ich einmal ausgesät und geerntet habe. Ich verspreche Euch, sogleich nach der Ernte in Euer Gefängnis zurückzukehren, und Ihr wisst, dass ich als Mann von Ehre mein Wort halte."

Bang wartete Arild auf Antwort. Tage vergingen und er konnte sich in seiner Lage nicht einmal sicher sein, ob sein Brief dem König überhaupt überbracht worden war. Doch endlich brachte man ihm Antwort. Aufgeregt öffnete Arild das Schreiben des Königs.

Ein lauter Jubelschrei drang durch die Gänge des Gefängnisses, denn König Erik hatte Arilds Wunsch stattgegeben.

So eilte Arild nach Hause und heiratete seine Thale. Als bald darauf das Frühjahr kam, ging er auf sein Feld und säte. Der Sommer ging ins Land und auch der Herbst. Rundum waren das Getreide und die Äpfel, das Gemüse und die Erdäpfel längst abgeerntet, doch Arild war noch nicht ins Gefängnis zurückgekehrt. Da sandte König Erik einen Boten zu ihm, ihn an sein Versprechen zu erinnern.

"Aber ich habe noch nicht geerntet", antwortete Arild.

"Wie das? Das ganze Land ist abgeerntet", meinte der Bote.

"Nun, meine Saat ist noch nicht einmal aufgegangen", lächelte Arild.

"Was habt ihr den gesät?"

Nun grinste Arild: "Fichten."

Als der Bote dies dem König berichtete, musste dieser herzlich lachen.

"Ein Mann, der so gewitzt ist, verdient es nicht, im Gefängnis zu sitzen!" Und er erlaubte Arild, bei seiner geliebten Frau zu bleiben.

Arild selbst, obwohl er sehr alt wurde, erlebte nicht mehr, dass der erste Baum seiner Aussaat geerntet wurde. Erst sein Sohn fällte die erste Fichte, und der Wald, den Arild damals gepflanzt hat, steht heute noch, als Zeichen von Liebe und Klugheit.

16

Das Lauchbeet

Es war einmal ein Gemüsebeet, das hatte die Bäuerin liebevoll angelegt und darin Porree angesät. Sie hatte es gegossen, wenn es keinen Regen gab, Unkraut gejätet und mit viel Liebe bedacht.

Als die Zeit reif war, die Sonne warm genug und der Regen reichlich genug, schoben sich die ersten zarten grünen Triebe aus dem Erdreich. "Ah" und "Oh" machten die Pflänzlein und reckten sich dem Licht entgegen. Nie hätten sie im dunklen Erdenreich sich vorstellen können, dass es oben auf der Welt so prächtig hell und bunt war! Sie jubelten und wollten alle ihr Bestes geben, damit die herrliche Sonne stolz auf sie wäre.

Doch als die Zeit verging und sie alle größer und dicker wurden, da zeigte sich, dass mitten unter ihnen ein Pflänzlein war, das – nun, das nicht so recht weitertat.

Zwar war sein Stängel rund und grün wie die der anderen Porreestangen, doch dünn und zart, ja geradezu mickrig.

"Eh", sagte die Pflanze südlich von ihm, "Musst du deinen Stoffwechsel mehr einheizen, musst du Feuer machen unter deinem Hintern, sonst wird das nix!"

Die Pflanze daneben meinte ruhig: "Nein, nicht Feuer. Wasser! Du musst Wasser aufsaugen, trinken, viel trinken. Und dann das Wasser durch deine Chakren den Schaft hinauf pumpen, bis nach oben, zum göttlichsten Chakra, dem Scheitelchakra. Denn das gibt dir wahre Kraft und außerdem macht viel trinken die Haut prall und straff."

Das kleine Pflänzchen grämte sich. Glaubten die etwa, er wäre faul? Er tat doch genau das, was sie sagten – er trank und mit Hilfe des Sonnenfeuers versuchte er zu wachsen. Es war doch nicht seine Schuld, dass es bei ihm nicht so wie bei den anderen funktionierte! Mehr als sich bemühen konnte er schließlich nicht.

"Der Kerl versaut uns die ganze Statistik! Und was ist die Folge? Unsereiner muss dann dem sein Versagen durch unser überdurchschnittliches Wachstum kompensieren. Wegen solchen unter-mittelmäßigen müssen sich alle anderen noch mehr anstrengen, nur damit die Durchschnittswerte erhalten bleiben! He, sieh mich an! Sieh mich an und lerne!"

Der kleine Kümmerling sah zu der tatsächlich sehr großen Porreestange empor. Aber wie ihm das helfen sollte, war ihm nicht klar, denn er fand den Anblick äußerst einschüchternd, ja er merkte richtig, wie er gleich noch ein wenig schrumpfte.

"Du glaubst wohl, du bist hier auf dem Laufsteg", ließ sich eine andere Porreepflanze vernehmen. "Machst da auf Magersucht-Model. Lass dir das gesagt sein: Rund und g'sund, nicht mager und hager, das ist die Devise!"

"Krüppelporree, Krüppelporree, ist zu dumm zum wachsen!", schallte es vom anderen Ende des Beetes.

Dicke Tränen rannen der kleinen Pflanze den Stängel hinab. Wie konnten die anderen nur so gemein sein?

"Och, auch noch eine Heulsuse! Sei nicht so ein Weichei, reiß dich zusammen!"

"Du bist eine Schande für das Porreebeet! Und wir müssen mit sowas in der Nachbarschaft leben. Sehr unangenehm."

"Völlig Ihrer Meinung. Wenn sowas schon bei uns leben will, dann muss er sich anpassen, keine optischen Extrawürste. Anpassen! Schließlich sind wir alle gleich!"

"Mach dir nichts draus", meinte da die Porreestange nördlich von der kleinen Pflanze. "Hör nicht auf die anderen. Ich weiß, du kannst es schaffen. Wenn du nur wirklich willst, dann kannst du alles schaffen. Du musst eben nur wollen."

Erst freute sich der Kümmerling über den Zuspruch, endlich jemand, der ihn nicht fertig machte, doch als er darüber nachdachte – sollte das heißen, man unterstellte ihm, nicht zu wollen? Er wollte doch so gerne, um alles in der Welt wollte er auch ein dicker, prächtiger Porree sein!

In dieser Nacht, als alle schliefen und Ruhe herrschte, da dachte der kleine Kümmerling lange nach. Am liebsten wäre er ja davon gelaufen, weit weg, ans andere Ende des Gartens. Aber er war nun einmal eine Pflanze und das mit dem Weglaufen daher so ziemlich unmöglich. Je mehr er die Gehässigkeiten der anderen sich noch einmal durch den Kopf gehen ließ, umso klarer wurde sein Entschluss.

Er würde es ihnen allen zeigen! Oh ja, sie sollten nur sehen, wie er sich einheizen konnte und wie er sein

Wasser hinaufpumpte und sich anpasste! Augen würden sie machen, jawohl!

Noch ehe die Sonne aufging, begann er bereits, mit seinen feinen Wurzeln alles an guten Stoffen aus dem Boden zu saugen. Er saugte und saugte, was er nur konnte.

Und dann, dann nahm er all seine Kraft zusammen, um all die Nährstoffe in seinen Stängel zu pressen. Und er presste und presste und prrrr – oh nein! Das war ja wahrhaftig voll in die Hose gegangen! Nein, das konnte doch nicht sein! Wie peinlich! Oh, wie furchtbar, nun hatte er statt einem dicken Stängel einen fetten Hintern! Wo war nur sein süßer kleiner Po hin, auf den er so stolz war? Ach wie unsagbar peinlich!

Nun, zum Glück wuchs dieser Monsterhintern unter der Erde, wo ihn die anderen nicht sehen konnten. Dachte er. Doch sie waren so dicht gepflanzt ...

"Ihh, was ist denn das?", rief der Porree westlich von ihm da auch schon. "Der Krüppel macht sich nun auch noch dick! Pfui, hat der einen dicken Hintern! Und wie der stinkt! Igitt, nun hat er mich auch noch berührt mit seiner ekligen Geschwulst!"

"Sexuelle Belästigung, auch das noch! Unschuldige, junge Porreedamen abgrapschen! Na das ist ja typisch für dieses Pack! Ausgerottet gehört solches Gesindel, jawohl! Na warte nur, bis die Bäuerin zum Unkrautjäten kommt, dann hat deine letzte Stunde geschlagen! Solche stinkenden Krüppel, die wollen wir hier nicht!"

So ging es nun die ganze Zeit. An Wachsen war überhaupt nicht mehr zu denken, viel lieber wäre der Kümmerling geschrumpft, am besten in den Boden zurück geschrumpft. Und er fürchtete sich vor dem Tag, an dem die Bäuerin zum Unkraut jäten käme. Denn so furchtbar sein Leben war, so schön fand er das Leben an sich. Die Sonne, die seine Haut wärmte, der Regen, der ihn kitzelte, die Vögel und die Schnecken, all das wollte er nicht missen. Und er glaubte einfach nicht an ein Leben nach dem Kompost.

Und dann kam tatsächlich die Bäuerin mit der Harke und mit ihrer Tochter. Der Kümmerling begann zu zittern. Hämisch grinsten die anderen Porreestangen. "Wart's nur ab", zischelten sie. "Heute ist ein guter Tag, denn heute ist dein Todestag."

"Endlich wird das Gesindel abgeschoben, da kann er dann am Komposthaufen verrotten, dort passt er hin, der Stinker."

Der dünne Kümmerling konnte nicht einmal mehr weinen. Ein letztes Mal blickte er zu der prächtigen Sonne hinauf, ein letztes Mal noch wollte er gerne die Schmetterlinge und Bienen grüßen, ehe man seinem jungen Leben ein Ende setzen würde.

Während die Bäuerin zwischen den ersten Reihen das Unkraut entfernte, lief die kleine Tochter fröhlich zwischen den Porreestangen Zick-Zack.

"Mama, schau mal! Das ist aber ein komischer Porree! Der wächst nicht so recht, der ist ganz dünn. Soll ich den ausreißen?"

Ihre Mutter sah herüber. "Ja wie gibt es das denn? Kein Wunder, Klara, dass der nicht wie der Porree wächst, weil das ist keiner! Da wächst ja ein Knoblauch mitten in unserem Porreebeet. Oh, Klara, auf den müssen wir gut achtgeben, das ist eine wunderbare Pflanze. Viel wertvoller als der Porree noch. Und wenn wir ihn gut pflegen, dann haben wir nächstes Jahr ein ganzes Knoblauchbeet. Und dann gibt es die herrlichsten und gesündesten Gerichte! Was für ein Geschenk!"

Und als der kleine Knoblauch das hörte, da wuchs er dann doch ein ganzes Stück vor lauter Stolz und Freude.

(Diese Geschichte lebt von den verschiedenen Porree-Charakteren und bietet erzählt natürlich wesentlich mehr Unterhaltung als in geschriebener Form...)

Die Walnussfrau

Es war einmal vor langer Zeit, da lebten in einem Tal in der tiefsten Mandschurei ein Mann und eine Frau. Sie waren sehr arm, und ihr größter Schatz war ihr einziges Kind, ein Sohn namens Piuyi Dao. Doch Piuyi Dao war noch ein kleiner Knabe, als sein Vater plötzlich starb. Piuyi Daos Mutter war darüber so verzweifelt, dass sie wochenlang so bitterlich weinte, dass sie blind wurde.

So musste Piuyi Dao schon jung für sein eigenes und das Wohlergehen der Mutter sorgen. Unterstützten die Nachbarn zu Beginn noch die kleine Familie, so lernte Piuyi Dao dennoch bald jagen, Fallen zu stellen und Holz zu machen. Er wurde ein starker, geschickter Mann, der trotz der Armut und der Verantwortung, die er trug, ein freundlicher Mensch und liebevoller Sohn war.

Gerne hätte Piuyi Dao geheiratet, doch da er arm war, konnte er keine Braut heimführen.

Eines Tages war Piuyi Dao gerade auf dem Heimweg von der Jagd – zwei Hasen waren in seine Falle gegangen und er freute sich schon auf einen sättigenden Eintopf – da ging er an einem großen Walnussbaum vorbei. Prächtige Nüsse hingen hoch oben in der Baumkrone, noch umgeben von ihren dicken grünen Schalen. Und eine dieser Nüsse fiel genau vor Piuyi Daos Füße, obwohl es noch gar nicht an der Zeit war, dass die Nüsse reif wären. Erstaunt blieb er stehen und hob die Nuss auf. Kein Stückchen der grünen Schale klebte an ihr, kein weißes Fädchen. Glatt und warm lag sie in seiner Hand, wunderschön anzusehen.

Am nächsten Morgen pflanzte Piuyi Dao die Nuss vor seinem Haus. Wie ein Geschenk schien sie ihm und er träumte davon, wie eines Tages ein großer Nussbaum ihrer armseligen Hütte Schatten spenden und ihnen im Herbst die herrlichsten Nüsse schenken würde. Liebevoll lockerte er die Erde, goss den Boden und kümmerte sich mit der größten Hingabe um den kleinen Keimling, der bald erschien. Im nächsten Frühjahr war der Keimling bereits zu einem kleinen Bäumchen herangewachsen, das Piuyi Dao nach wie vor liebevoll umhegte. Da er keine Kinder hatte, war ihm dieses Bäumchen wie ein Sohn, den er behüten und lieben konnte.

Auch seine Mutter erfreute sich an dem Bäumchen, auch wenn sie es nicht sehen konnte. Wenn ihr Sohn auf der Jagd war, setzte sie sich neben den kleinen Walnussbaum und sang ihm Lieder vor, wie sie einst Piuyi Dao Lieder vorgesungen hatte. Die Mutter konnte es nicht sehen, aber jedes Mal, wenn sie dem Bäumchen vorsang, wuchs es ein kleines Stückchen, und im zweiten Jahr war aus dem Keimling ein prächtiger Walnussbaum geworden.

Im Jahr darauf trug der Baum seine erste Nuss. Eine einzige, die aber war so groß wie eine Teeschale. Selbst die Nachbarn kamen und bewunderten die riesige Frucht.

Als der erste Frost sich nachts über das Tal senkte, stieg Piuyi Dao aus seinem Bett und pflückte die

Nuss. Behutsam trug er sie ins Haus und legte sie zu sich unter die warme Decke. Tagsüber lag die Nuss auf dem hölzernen Tisch, nahe dem Ofen, und sowohl Mutter als auch Sohn strichen im Vorbeigehen oft mit ihren Fingern über die glatte Schale. Nie wäre es ihnen in den Sinn gekommen, die Nuss zu essen, denn ein eigenartiges Strahlen ging von ihr aus.

Als der Winter jedoch mit seiner ganzen Macht durch das Tal fegte, da erkrankte die Mutter. Sie wurde so schwach, dass sie nur noch im Bett liegen konnte, und sie schaffte es kaum mehr, das Essen für sich und ihren Sohn zu bereiten. So stand Piuyi Dao nun jeden Tag noch vor Sonnenaufgang auf, kochte für sich und die Mutter eine stärkende Suppe und ging dann auf die Jagd.

Eines Tages jedoch, als Piuyi Dao in der Früh an den Herd trat, da stand dort bereits eine Schüssel mit dampfendem Eintopf und daneben ein Kuchen. Piuyi Dao dachte, dass es der Mutter wohl wieder besser ginge, aber auch wenn nun jeden Morgen Essen bereit stand, so merkte er doch keine Verbesserung im Zustand der Mutter.

"Mutter, du solltest nicht aufstehen, um Essen zu kochen. Ich mache es schon, schon du dich lieber."

Erstaunt sah die Mutter ihn an und erklärte ihm, dass sie seit Beginn des Winters keine einzige Mahlzeit zubereitet hätte. Verwirrt sahen sie beide auf die dampfenden Schüsseln in ihren Händen. Woher kamen dann die köstlichen Speisen, wenn außer ihnen doch niemand im Hause war?

Als Piuyi Dao an jenem Abend von der Jagd nach

Hause kam und den ausgenommenen Fasan neben dem Herd aufgehängt hatte, legte er sich in sein Bett und stellte sich schlafend.

Kurz nach Mitternacht hörte er ein ungewohntes Geräusch. Ein Knacken, das vom Tisch kam. Er öffnete die Augen ein wenig und sah im Schein des Herdfeuers, dass die Walnuss in zwei Teile zersprungen war. Aus der Nuss stieg ein Wesen, sprang auf den Boden und wuchs zu einer hübschen jungen Frau heran. Ohne zu zögern ging sie zum Herd und bereitete aus dem Fasan ein duftendes Gericht zu, dann kehrte sie in ihre Nuss zurück und diese schloss sich wieder.

Als Piuyi Dao alles gesehen hatte, weckte er seine Mutter und berichtete ihr, was geschehen war.

"Ach", seufzte die alte Frau, "eine Fee! Gewiss hat der Himmelsgott sie uns gesandt. Was wäre es herrlich, wenn sie für immer bleiben könnte."

Am nächsten Abend stellte Piuyi Dao sich erneut schlafend und alles geschah wie am Tag zuvor. In der dritten Nacht wartetet er, bis die Walnussfrau am Herd stand, dann schlich er sich zum Tisch, steckte die Walnussschale ein, legte sich wieder in sein Bett und stellte sich schlafend.

Als die junge Frau mit dem Kochen fertig war und in ihre Nuss zurückkehren wollte, sah sie sich verzweifelt um. Sie suchte im ganzen Zimmer, doch als sie an Piuyi Daos Bett trat und seine halb geöffneten Augen bemerkte, da wusste sie, dass er ihre Nussschale genommen hatte. Sie sah ihn mit solch einem ängstlichen Blick an, dass Piuyi Dao sich rasch erhob und verbeugte: "Ich danke dir, schöne Frau, dass du so gut für uns sorgst! Bitte, ich kann dir zwar nicht viel bieten, aber bleib bei uns." Seine Wangen glühten rot, als er das sagte.

Die Walnussfrau sah ihn ernst an. "Ich bin kein Mensch, Piuyi Dao. Deine gute Pflege und liebevolle Fürsorge haben mich zum Leben erweckt, aber tatsächlich bin ich die Tochter des zehntausend-jährigen Walnussmafa, eine Unsterbliche. Weil ich bei einer Zeremonie einschlief, wurde ich zur Strafe in eine Nuss verwandelt. Erst, wenn ich mein Vergehen mit liebevollen Taten wieder gut gemacht habe, darf ich in einem Jahr auf den Berg der Unsterblichen zurückkehren."

Erneut bat die junge Frau, dass Piuyi Dao ihr die Nussschale zurückgäbe, doch der junge Mann senkte verlegen den Kopf. "Schönste, willst du nicht meine Frau werden? Hat nicht meine Liebe dich zu Leben erweckt? Dies ist doch gewiss ein Zeichen, dass wir einander bestimmt sind."

Die Walnussfrau seufzte. "Ja, deine Liebe war wie ein warmer Regen, deine Hände wie das Streicheln des Windes. Gerne wäre ich dein Weib, doch ich bin eine Unsterbliche und eine Nuss, wie soll ich die Frau eines Sterblichen sein?"

"Gibt es denn keine Möglichkeit, dass du bei mir bleiben kannst?"

Nun senkte die Walnussfrau den Kopf. "Einen Weg gibt es, aber ich fürchte, du wirst nicht die Kraft haben, diese Prüfung zu bestehen."

Piuyi Dao protestierte: "Ich bin ein geschickter Jäger, ein kräftiger Mann! Ich will alles tun, wenn du nur bei mir bleibst!"

Da lächelte die Walnussfrau: "Ja, das bist du, aber dein Herz ist weich und sanft. Nun denn, höre, wie du mich befreien kannst: Trage einen großen Kessel in den Hof. Fülle ihn mit Wasser und hebe mich hinein. Schließe den Kessel mit einem Deckel und lege darauf noch einen schweren Stein. Mache Feuer unter dem Kessel und bring es zum Kochen. Egal, wie laut ich schreie, egal, was ich von dir verlange, du darfst den Deckel nicht öffnen! Erst, wenn sich gar nichts mehr rührt in dem Kessel, dann darfst du ihn aufmachen und dann werde ich deine Frau sein und bei dir bleiben bis zu unserem Tod."

Grauenvoll klang diese Aufgabe in Piuyi Daos Ohren. Doch sein Herz sehnte sich so danach, dieses Mädchen zur Frau zu haben, dass er schließlich nickte und sich bereit erklärte, alles so auszuführen, wie es die Walnussfrau ihm aufgetragen hatte.

Er holte einen Kessel und füllte ihn mit Wasser. Er legte die Walnussfrau hinein, schloss den Deckel und legte einen schweren Stein darauf. Er entfachte das Feuer. Als das Wasser zu kochen begann, hörte er das Mädchen schreien: "Piuyi Dao! Hol mich heraus! Ich halte das nicht mehr aus!"

Piuyi Dao hielt sich die Ohren zu und wandte sich ab.

Bald begann Dampf unter dem Deckel hervorzutreten und die Walnussfrau schrie wieder: "Piuyi Dao, rette mich! Ich werde sterben! Oh, diese Hitze!"

Piuyi Dao meinte, sein Herz würde in Stücke gerissen vor Schmerz. Er wollte schon den schweren Stein von dem Deckel herunterstoßen, doch da erinnerte er sich, dass er geschworen hatte, es nicht zu tun.

Bald tanzte der Deckel unter der Hitze und weiße Wolken stiegen auf. Kein Schreien drang mehr aus dem Kessel heraus, nur noch eine schwache Stimme: "Piuyi Dao, liebst du mich denn nicht? Hast du nicht Mitleid mit mir? Bitte, mach auf." Dann folgte ein herzzerreißendes Schluchzen.

Piuyi Dao konnte nicht länger an sich halten. Er sprang auf, trat das Feuer aus und stieß den Deckel vom Kessel hinab. Mit bloßen Händen holte er die junge Frau aus dem brodelnden Wasser.

Blass und wie tot lag sie eine Weile da, doch dann öffnete sie ihre Augen und sah Piuyi Dao traurig an. "Dein Herz ist so weich, Piuyi Dao, du hast mich zu früh herausgeholt. Auch wenn ich dich dafür liebe, so kann ich nun nur fünf Jahre mit dir verbringen, statt den Rest deines Lebens."

Sie weinten beide ein wenig, doch dann feierten sie Hochzeit. Die Mutter freute sich von Herzen für die beiden. Die Walnussfrau kochte und kümmerte sich um das Haus, sie wusch mit dem Sud aus dem Kessel täglich die Augen der alten Frau, so dass diese bald wieder gesund war. Wie freute sich die Alte, als sie ihre Schwiegertochter sehen konnte!

Es dauerte nicht lange, da gebar die Walnussfrau Piuyi Dao einen Sohn. Von klein auf lehrte sie ihn alles über die Bäume, was ein Mensch nur lernen konnte. Piuyi Dao und sie liebten ihren Sohn inniglich und die Walnussfrau verbrachte viele Stunden an seinem Bettchen und betrachtete ihn beim Schlafen, wissend, dass sie ihn nicht heranwachsen sehen würde.

Piuyi Dao jedoch verdrängte den Gedanken, dass er seine Frau zu früh aus dem Kessel geholt hatte. Gewiss hatte sie sich geirrt, sie war doch schon so lange darin gewesen, sie hatte doch kaum mehr einen Laut von sich gegeben. Bestimmt würde sie für immer bei ihm bleiben können, bei ihm und ihrem kleinen Sohn.

Doch schneller als es allen lieb war, brach das fünfte Jahr an. Die Walnussfrau wurde schwächer und schwächer. Ihre Haut bekam Flecken und Schrunden wie ein alter Baum. Bald lag sie kraftlos im Bett und Piuyi Dao pflegte sie Tag und Nacht.

Genau fünf Jahre, nachdem Piuyi Dao sie aus dem Kessel geholt hatte, starb die Walnussfrau. Ihrem Wunsch entsprechend, begrub man sie nahe des Hauses, am Fluss vor den Bergen.

Groß war die Trauer in der kleinen Hütte.

Im Jahr darauf jedoch wuchs ein kleiner Walnussbaum aus dem Grab empor und rund um ihn sprossen bald weitere Walnussbäumchen. Bald war ein ganzer Walnusswald entstanden und Piuyi Dao und sein Sohn und später auch dessen Kinder und Kindeskinder, mussten nie wieder Not leiden, denn der Wald trug immer reichlich Nüsse.

Piuyi Dao aber bleib den Rest seines Lebens traurig. Sein weiches Herz schien gebrochen und als er als alter Mann starb, fand er seine letzte Ruhestatt unter dem schönsten Walnussbaum.

Noch heute nennen die Menschen diese Gegend das "Walnusstal" und jeder weiß, dass dort die schönsten und größten Walnüsse wachsen, denn sie wachsen aus Liebe.

Die Frucht der Liebe

Einst, als die Welt noch ganz neu war, als sie noch frisch und sauber strahlte, da hatten der Erste Mann und die Erste Frau ihren ersten Streit. Sie warf ihm vor, sie nicht zu lieben, und er hieß sie dumm – denn wen sollte er denn sonst lieben? Der Streit wurde lauter, ging um dies und um das, wie es oft geschieht beim Streiten, und endlich konnte sie seine Worte nicht mehr ertragen. Wütend stürmte sie davon, die Nase hoch in die Luft gereckt, quer durch die Wüste, die ihren Liebesgarten umgab.

"Was für ein Idiot! Wie konnte ich nur an den geraten? Und wie kann er es wagen, so mit mir zu reden, mit mir, der schönsten und besten Frau auf der Welt! Er verdient mich nicht! Oh, nie wieder will ich mit ihm auch nur ein Wort wechseln! Er ist abscheulich!"

So sprach die Erste Frau zu sich selbst, während sie erhobenen Kopfes durch die Wüste stapfte.

Der Erste Mann hingegen war verzweifelt. "Ich werde sie nie wiedersehen! Aber ich brauche sie doch so. Wer sonst redet mit mir? Kein anderes Wesen ist so hübsch wie sie, mit ihren runden Brüsten und langen Haaren – wie soll ich ohne diesen Anblick leben? Ich liebe sie doch!" Und der Erste Mann kniete sich zum ersten Mal nieder und betete zum Gott der Liebe.

"Oh großer Gott, bring sie mir zurück! Ich liebe sie doch!"

Der Gott der Liebe lauschte dem Gebet. Es gefiel ihm, dass man ihn anbetete und er beschloss, dem Ersten Mann zu helfen.

"Sie wird nie zurückkehren, solange sie ihre Nase so hoch trägt", dachte der Gott der Liebe. Und so zauberte er einen Teppich aus wunderbar zartem Grün, der die Wüste bedeckte und ihre Füße weich wandeln ließ. Er tat dies in der Hoffnung, dass die Erste Frau so ihren Blick senken würde. Doch das tat sie nicht.

Sie schmollte weiter, die Nase hoch in der Luft.

"Da werde ich es wohl weiter versuchen müssen", dachte der Gott der Liebe, der so gerne die beiden wieder vereint sehen wollte. Denn was ist ein Gott der Liebe ohne Liebende?

So zauberte er in den grünen Teppich zarte weiße Blüten.

Doch die Erste Frau bemerkte es nicht.

Sie marschierte immer weiter, nur weg vom Ersten Mann. Und ihre Nase blieb hoch in der Luft.

Der Gott der Liebe dachte nach. Nun fügte er noch einen Teppich roter Früchte in das Grün.

Als die Erste Frau auf eine dieser Früchte stieg, blieb sie stehen. Ein lieblicher Duft stieg in ihre hochgereckte Nase. Sie blickte hinunter und sah die Frucht.

Sie kniete sich nieder und hob eine der Früchte hoch. Erneut roch sie daran, oh wie süß war der Duft. Sie biss ab, genau die Hälfte biss sie ab.

Die Frucht schmeckte süß, unendlich süß.

Die Erste Frau sah auf die Hälfte, die sie noch in ihrer Hand hielt. Sie hatte die Form eines Herzens, mit einem süßen Innenleben.

"Ach", dachte sie, "ich liebe den alten Brummbären ja doch."

Sie pflückte eine Handvoll der herzförmigen Früchte und brachte sie dem Ersten Mann.

Gemeinsam aßen sie davon, wieder versöhnt. Nie wollte die Erste Frau mehr daran zweifeln, dass der Erste Mann nur sie liebte.

Und so kamen die ersten Erdbeeren in unsere Welt.

(basierend auf einer Geschichte von Chris Smith)

Der Zaubergarten

Es war einmal vor langer Zeit, da lebten zwei Freunde, Assam und Chassid, und beide waren sie sehr arm. Assam besaß ein kleines Feld, auf dem er Gemüse pflanzte, Chassid eine kleine Herde. Davon lebten sie, mehr schlecht als recht. Beiden war vor langer Zeit ihre Frau gestorben, doch beide besaßen sie ein Kind – Assam eine hübsche und liebevolle Tochter, Chassid einen Sohn, der stark und hilfsbereit war.

Doch es geschah, dass ein großes Feuer ausbrach und alle Schafe Chassids fielen ihm zum Opfer.

Chassid und sein Sohn gingen schwer getroffen zu Assam, um von ihm Abschied zu nehmen. Ohne seine Herde blieb Chassid nur mehr, sich als Bettler in der Stadt durchzuschlagen.

Doch als Assam seinen Freund hörte, umarmte er ihn und sagte: "Die Hälfte meines Herzens ist dein, so sei auch die Hälfte meines Feldes dein." Und so geschah es, dass auch Assam und sein Sohn Ackerbauern wurden.

Eine lange Zeit verging, die Kinder wuchsen heran, und sie lebten weiterhin mehr schlecht als recht von den Erträgen ihrer Arbeit. Da geschah es eines Tages, dass Chassid beim Graben eines neuen Wasserkanals in seinem Feld ein sonderbares Geräusch vernahm. Hastig scharrte er die Erde auf und entdeckte im Boden zu seiner großen Überraschung einen glänzenden Klumpen Gold.

Er eilte so rasch er konnte mit dem Goldklumpen zu seinem Freund Assam. "Assam! Du Glücklicher! Siehe, dir ist große Freude widerfahren! Auf deinem Feld fand ich diesen Goldschatz, nun musst du nie wieder Not leiden!"

Doch Assam antwortete mit einem Lächeln: "Lieber Freund, ich habe dir diesen Acker vor Jahren geschenkt, das Gold gehört also dir, denn du hast es auf deinem Acker gefunden."

"Assam, ich kenne deine Großzügigkeit, doch als du mir den Acker gabst, hast du mir nicht geschenkt, was sich schon lange darin befand. Dies ist dein Schatz!"

"Nein, Chassid, aller Reichtum des Bodens gehört dem, der ihn im Schweiße seines Angesichts bearbeitet."

Und so stritten sie darum, wem denn nun der Schatz gehöre. Schließlich fassten sie einen Entschluss: "Unsere Kinder lieben einander. Verheiraten wir sie und geben wir ihnen das Gold, damit sie in Reichtum leben können."

Und so geschah es, sehr zur Freude von Assams Tochter und Chassids Sohn. Doch am Tag nach der Hochzeit fanden sich die beiden mit betrübten Gesichtern bei ihren Vätern ein.

"Was ist passiert? Welch Unglück ist geschehen?", riefen Chassid und Assam.

Das junge Brautpaar legte den Goldklumpen vor den Vätern nieder und meinte: "Was die Väter verschmähten, sollen die Kinder nicht nehmen. Eure großzügige Tat war genug, um uns zu zeigen, dass unsere Liebe größer ist als jeder Schatz, und das gab uns den Willen, aus eigenen Stücken zu einem reichen Leben zu kommen. Nehmt ihr nur den Schatz wieder."

Erneut begannen nun Chassid und Assam zu streiten, wem denn der Goldklumpen zustünde. Nach einer Weile jedoch beschlossen sie, den Weisen um Rat zu fragen, ehe unter dem Streit noch ihre Freundschaft zu Bruch ging.

Viele Tage wanderten sie durch die Steppe, bis sie endlich zur Jurte des Weisen kamen, wo dieser mit seinen Schülern lebte. Sie erzählten von ihrem Streit und baten um Rat. Der Weise schwieg, dann wandte er sich an seinen ältesten Schüler: "Wie würdest du an meiner Stelle diesen Streit schlichten?"

Der älteste Schüler meinte: "Ich würde ihnen raten, das Gold dem Chan zu bringen, denn er ist der Herrscher über uns alle."

Der Weise runzelte die Augenbrauen, dann fragte er den zweiten Schüler: "Und du, was tätest du an meiner Stelle?"

Dieser antwortete: "Nun, wenn Kläger und Beklagter verzichten, so gehört das Geld dem Richter, also mir, wenn ich an eurer Stelle wäre, weiser Meister."

Das Gesicht des Meisters verfinsterte sich noch mehr. Er wandte sich an den dritten Schüler: "Und deine Meinung?"

Der dritte Schüler antwortete: "Da dieses Gold niemandem gehört und keiner es will, würde ich es wieder in der Erde eingraben, auf dass es in ferner

Zukunft vielleicht jemand findet, der es will."

Seufzend wandte sich der Meister an den letzten Schüler. "Mein weiser Meister, haltet mich nicht für verrückt, aber wisst ihr, was ich täte? Ich würde von diesem Gold hier in der öden Wüstenei einen schattigen Garten pflanzen, damit all die Armen sich darin ausruhen und an seinen Früchten laben können."

Da umarmte ihn der Weise und hieß ihn in die Hauptstadt zu gehen, um dort die besten Samen zu kaufen und diesen Garten zu pflanzen. Dann mögen die Armen für ewig der großzügigen Leute gedenken, die durch ihren Verzicht und ihre Klugheit so vielen Menschen einen Ort der Labsal geschaffen hatten.

Der vierte Schüler bekam den Goldklumpen ausgehändigt und machte sich sogleich auf den Weg. Nach einer langen Wanderung kam er auf dem Markt der Hauptstadt um. Doch als er sich gerade nach den besten Samen umsah, vernahm er gellende Schreie.

Eine Karawane zog über den Basar und führte eine eigenartige Fracht mit sich. An den Kamelen festgebunden hingen bündelweise Vögel. Tausende lebendige Vögel, wie man sie in Steppe und Gebirge, in Wäldern und an Seen fand, alle zerfleddert und zerschunden. Ihre Federn stoben in bunten Wolken bei jedem Schritt der Kamele in die Luft. Schmerzhaft drangen ihre Klageschreie über den Basar.

Das Herz des Schülers schnürte sich vor Mitleid zusammen. All diese prächtigen Tiere, Glanzlichter der Schöpfung, hier so erbärmlich zugerichtet. Der

Schüler drängte sich durch die Menschenmenge und fragte den Karawanenführer, wo er denn diese Vögel hinbrächte. "Zum Chan, er hat sie für ein Festmahl geordert. Er zahlt fünfhundert Goldmünzen dafür."

Da zog der Schüler den Goldklumpen aus seiner Tasche und hielt ihn dem Karawanenführer entgegen: "Lässt du diese Vögel frei, wenn ich dir dies dafür gebe?"

Gierig griff der Karawanenführer nach dem Gold und befahl seinen Treibern, die Vögel freizulassen.

Die befreiten Vögel erhoben sich mit einem lauten Rauschen in die Lüfte, der Tag verfinsterte sich für einen Moment zur Nacht, als ihr Flügelschlag einem Sturme gleich über den Basar fegte.

Sehr beglückt machte sich der Schüler des weisen Mannes auf den Heimweg, doch bald wurde ihm das Herz schwer. Wie hatte er nur das Gold, das ihm zu einem bestimmten Zwecke anvertraut worden war, selbstsüchtig ausgeben können? Was sollte er nur seinem Meister und den treuherzigen Menschen erzählen, die erwarteten, dass er mit Samen für einen Garten für die Armen zurückkehrte?

Er wurde immer verzweifelter über seine Tat, bis er sich kurz vor dem Heim des weisen Mannes weinend zu Boden warf und sich seinen Tod herbeisehnte. Vor Kummer und Tränen schlief er ein, und er träumte.

Ein wunderschöner Vogel ließ sich auf seine Brust nieder und hieß ihn, aufzuwachen. Staunend setzte sich der Jüngling auf. Aus allen Richtungen kamen Vögel geflogen, landeten rings um den Schüler, gruben mit ihren Krallen Löcher in den Boden, in die sie Samen aus ihren Schnäbeln fallen ließen. Kaum hatten sie die Löcher zugescharrt, sprossen auch schon die ersten zarten Triebe, wuchsen höher und höher und entwickelten sich zu weit ausladenden Bäumen mit den köstlichsten Früchten. Nicht einmal der Chan besaß solch einen prächtigen Garten! Da gab es süß duftende Marillenbäume, Apfelbäume mit rotbackigen Früchten, Weingärten, Feigenhaine, dazwischen lichte Wiesen und bunte Blumen. Zwischen den Bäumen begann ein Bächlein zu fließen und rundum zwitscherten und tirilierten die hübschesten Vögelchen, die man sich nur vorstellen konnte.

Staunend sah der Jüngling sich um. Träumte er? Oder war der Garten gar Wirklichkeit? Er tastete die Bäume ab, er zwickte sich – der Garten war echt! Eilig rannte er zur Jurte des weisen Mannes, um ihm die frohe Botschaft zu überbringen.

Die Kunde des Zaubergartens verbreitete sich rasch. Erst kamen die Reichen auf ihren prächtigen Rossen angeritten, um den Garten in Besitz zu nehmen. Doch kaum näherten sie sich dem Garten, da schossen hohe Gitter mit eisernen Toren empor und verwehrten ihnen den Eintritt. Einer versuchte, auf dem Sattel seines Pferdes stehend, einen der verlockenden Äpfel zu pflücken, doch kaum berührte er ihn, fiel er tot zu Boden. Da wendeten die anderen ihre Pferde und stoben davon.

Nun strömten neugierig die Armen zu dem Garten. Als sie sich näherten, verschwanden die Eisengitter.

Der Garten füllte sich mit Menschen. Sie labten sich an den Früchten, doch die Früchte wurden nicht weniger. Sie traten auf die Blumen, doch die Blumen welkten nicht. Sie badeten im Bach, doch das Wasser blieb klar und köstlich. Als es Nacht wurde, erleuchteten die Äpfel in einem milden Schein und die Vögel sangen das süßeste Schlaflied. Da legten sich die Armen auf das weiche Moos und schliefen erstmals in ihrem Leben tief und glücklich.

Assam und Chassid sahen dies, gemeinsam mit ihren Kindern. Sie legten sich zu den Armen dazu, zufrieden und glücklich, dass sie sich nicht über den Schatz hatten einigen können.

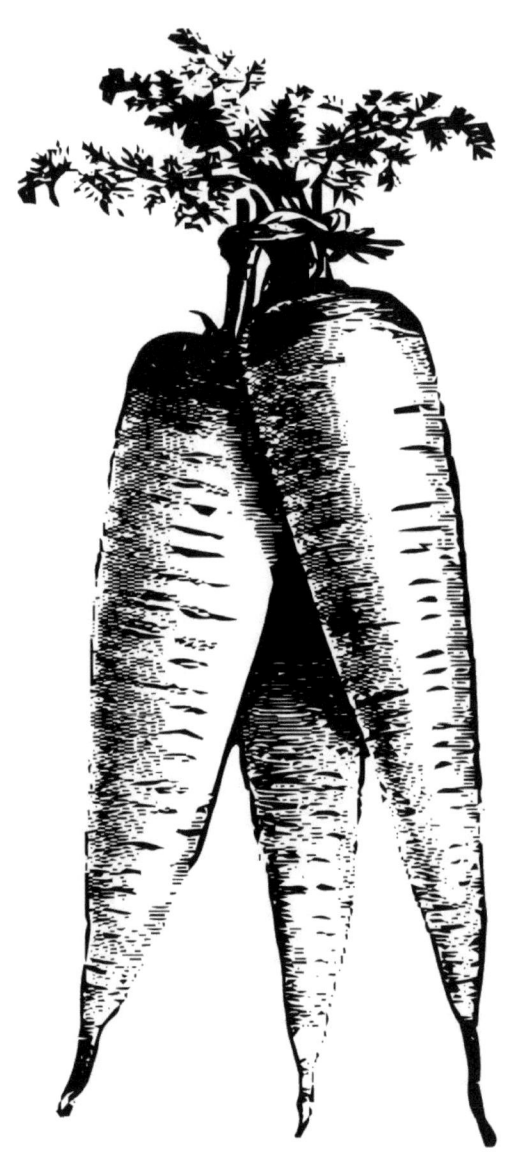

Der Wurzelmann

Es war einmal eine alte Frau, die war so arm, dass sie sich nicht einmal Feuerholz leisten konnte, geschweige denn Kerzen. So verbrachte sie jeden Abend in absoluter Dunkelheit in ihrer kleinen Hütte.

Eines Tages im Spätherbst erntete sie ihre letzten Karotten aus dem Garten. Eine davon war verformt, wie es nun mal geschieht, wenn sich Steine im Beet befinden, um die die Wurzeln herumwachsen müssen.

Als die alte Frau diese eine Karotte für ihr Abendessen kleinschneiden wollte, hielt sie inne. Sah diese Wurzel denn nicht aus wie ein kleines Männchen, mit zwei Beinen und Armen und einem grünen Schopf? Sie musste schmunzeln. Und weil sie schon lange nichts zum Schmunzeln gehabt hatte, und weil es auch schon egal war, ob sie eine Karotte mehr oder weniger aß, ließ sie diese ganz.

Beim Abendessen setzte sie den Wurzelmann vor sich auf den Tisch, um ein wenig Gesellschaft zu haben. "Ach", seufzte sie, "wie fein wäre es, wärst du ein wirklicher Mann." Und dann verbrachte sie ihren dunklen Abend damit, der Karotte, die sie in Händen hielt, Geschichten zu erzählen. Auch wenn es nur eine leblose Wurzel war, sie fühlte sich an jenem Abend weniger einsam in der Dunkelheit. Als sie zu Bett ging, setzte sie die Karotte auf den Stuhl neben ihrem Lager.

In der Nacht jedoch, da war es ihr, als stiege jemand zu ihr ins Bett. Träumte sie? Nein, tatsächlich, da waren starke Arme, die sie umfingen, ein warmer Körper, der sich an ihren schmiegte und sie wärmte. Lang vergessen geglaubte Empfindungen regten sich in ihrem Leib. Auch wenn es nur ein Traum war, wie schön war es zu träumen!

Jede Nacht nun teilte sie das Lager mit dem Unbekannten. Keine Spur fand sich von ihm bei Tage, doch im Dunkel der Nacht schlich er in ihr Bett, küsste und liebkoste sie, wärmte und erfreute sie. Ihr runzeliges Gesicht begann wieder mit dem Feuer der Jugend zu erstrahlen, ihre alte Lebenslust und Energie kehrte zurück.

"Wer bist du?", fragte sie Nacht für Nacht.

"Das ist ein Geheimnis", lautete jedes mal die Antwort.

Ach, wie sehnte sie sich danach, den geliebten Mann zu sehen, zu wissen, wer er war und wie er aussah! Am Ende war sie ihm schon oft auf dem Markt begegnet und er lachte sich ins Fäustchen, weil sie ihn nicht erkannte. Bestimmt hatte er sie belauscht, als sie mit der Karotte sprach, und nutzte nun ihre Einsamkeit. Was, wenn er verheiratet war und sich bereits der ganze Ort den Mund über sie zerriss?

Die Neugier ließ ihr keine Ruhe und so suchte sie in allen Ritzen und Laden nach Kleingeld, das irgendwann dort verloren gegangen war, und sie ging auf den Markt und kaufte davon eine Kerze.

Als in jener Nacht der Fremde zu ihr ins Bett stieg und sie küsste, entzündete sie das Licht. Wie staunte sie, als sie die Karotte erkannte! Ein stattlicher Mann zwar, doch mit orange-getönter Haut und grünem Haar! Traurig blickte er sie an und schrumpfte auf seine wahre Größe zurück. Klein und leblos lag er da zwischen ihren Beinen.

Die Karotte wurde schrumpelig, weich und schwarz. Nie wieder erschien sie des Nachts als Mann am Bett der Alten. Schließlich war die Wurzel so verdorben, dass die alte Frau sie in ihrem Gemüsebeet vergrub, in der Hoffnung, dass neue Karotten aus ihr sprießen würden, wie es doch so oft im Märchen geschah.

Aber nichts rührte sich. Der Zauber war gebrochen, und der Alten blieb nur die Erinnerung an jene Nächte der Liebe und Wärme.

50

Elfenwiegen

Es war einmal eine bucklige alte Frau, die lebte in einem kleinen Häuschen, das von einem wunderschönen Blumengarten umgeben war, den sie hingebungsvoll pflegte. Jeden Tag humpelte sie auf ihren Stock gestützt hinaus in den Garten, goss und jätete und erfreute sich der Pracht. Zu jener Zeit waren die Tulpen die größten der Blumen und sie waren alle schneeweiß, wie zarte Brautkleider aus feiner Seide.

Es geschah, dass die alte Frau einmal des Nachts nicht schlafen konnte und, da es ein milder Tag gewesen war, im Mondenschein hinaus in den Garten trat. Wie staunte sie da! Denn in den halb geöffneten Tulpenkelchen schliefen die winzigsten Elfen, die sich, geborgen von den Blütenblättern, vom sanften Wind schaukeln ließen.

Die alte Frau war so verzückt, dass ihre Tulpen den Elfen solch Freude bereiteten, dass sie am nächsten Tag Hunderte von Tulpenzwiebeln pflanzte, damit ganze Scharen von Elfenmüttern Wiegen für ihre Kindlein hätten.

Und weil sich die Elfen in Großmutters Garten so willkommen fühlten, kamen sie tatsächlich in Scharen, als die Tulpen erblühten, und siedelten sich bei der alten Frau an.

Um der alten Frau für ihr großes Herz zu danken, beschlossen die Elfen, sie in ihr Elfenkurhaus zu bringen, wo jeder Schmerz und jedes Gebrechen mit freundlichen Gedanken geheilt wird.

Als die alte Frau eines Morgens auf ihren Stock gestützt in den Garten hinkte und sich anstellte, die Gießkanne aufzuheben, befiel sie ein furchtbarer Hexenschuss, sodass sie sich kaum rühren konnte. Nun war es aber höchste Zeit, dass man sie ins Elfenkurhaus brachte, beschlossen die Elfen und setzten sie auf einen Stockrosenzweig, der schwupps mit ihr entschwebte.

Im Kurhaus übergab man sie dem Elfendoktor, der sie gründlich untersuchte und dann die Behandlung anordnete. Man legte sie auf einen Tisch und die Heilelfen bügelten mit einem Rollholz, das mit guten und freundlichen Gedanken gefüllt war, dem Großmütterchen den Rücken glatt.

Die alte Frau war ganz begeistert, dass die Elfen so rasch ihren Buckel und ihren Hexenschuss entfernt hatten.

"Ach", sagten die Elfen, "du hattest ja gar keinen Buckel. Den hast du dir nur eingebildet. Weißt du denn nicht, dass man sich jeden Übels entledigen kann, außer man sperrt es in seinen Kopf ein und hegt und pflegt es dort?"

Die alte Frau musste lange darüber nachdenken. Sie kehrte nun mit aufrechter Haltung in ihren Garten zurück, doch hinkte sie noch immer an ihrem Stock, denn ihre Knie waren völlig schief gewachsen.

Die Elfen, zu denen sie sich jeden Tag schleppte, um ihre Bettchen, die Tulpen, zu pflegen, schüttelten mitleidsvoll den Kopf. "Nein, der Rücken alleine war nicht genug, sie verdient es, dass auch ihre Knie behandelt werden."

Und so brachte man die alte Frau wieder ins Elfenkurhaus.

Der Doktor dort betrachtete sie lange und erklärte sie zu einem interessanten Fall. "Tja", meinte er, "das schiefe Knie lässt sich nur heilen, wenn du eine falsche Windung in deinem Gehirn zurechtbiegst." Dabei nickte er so gewichtig, dass seine runde Brille die Nase hinabrutschte.

Großmütterchen musste darüber ganz fürchterlich lachen. Sie lachte sosehr, dass aus der Krümmung ihres Knies ein Heiterkeitsfältchen um ihren Mundwinkel wurde, und selbst ihre schielenden Augen blickten nun geradeaus.

Als die Nachbarn und Großmütterchens Enkelkinder sie so verwandelt sahen, staunten sie nicht schlecht. "Oma ist um 70 Jahre jünger geworden! Sie hat keinen Buckel, kein krummes Knie, keine schielenden Augen mehr! Sogar ihr Haar schimmert nun prächtig und sie schreitet nun rüstig und flink daher, statt zittrig und wackelig. Wer hat da seine Hand im Spiel?"

Man vermutete nicht das Beste, wie die Menschen denn so sind in ihren Gedanken. War es denn nicht verdächtig, dass Großmütterchen die halben Nächte im Garten saß? Die Nachbarn wussten ja nicht, dass die alte Frau dort mit den Elfenkindern spielte und sich mit den Elfenmüttern unterhielt. Sie sahen nur ihr ungewöhnliches Verhalten und die – in ihren Augen unmögliche – Verjüngung der alten Frau.

Über all ihrer Pflege der Tulpen, vor lauter Anpflanzen neuer Tulpenzwiebeln, vergaß Großmütterchen ganz darauf, sich um andere Dinge zu kümmern. Und als eines Morgens die schon an ein Meer gereichenden Tulpen in ihrem Garten ihr zu Ehren in ihren Lieblingsfarben rot und gelb und rosa leuchteten, da erschien ein gewichtiger Mann, trampelte durch die Beete und klopfte an Großmütterchens Tür.

Es war ihr Vermieter, Herr Lavender, der verlangte, dass sie entweder sofort ihre seit Monaten überfällige Miete bezahle oder ausziehe. Nun, Großmütterchen hatte das Geld nicht beisammen, denn sie hatte alles in ihre Tulpenzucht gesteckt. So blieb ihr nichts anderes übrig, als ihr geliebtes Haus zu verlassen.

Herr Lavender und seine Frau zogen ein und beschlossen, diese ganzen unnützen Tulpen auszureißen, um Platz für einen Gemüsegarten zu machen. Und so geschah es. Der Brunnen, der in der Mitte des Garten stand, würde für Wasser und gute, feuchte Luft sorgen.

Doch die Elfen waren wütend. In der nächsten Nacht verwandelten sie das Wasser des Brunnen in eine stinkende, morastige Brühe. Der modrige Geruch breitete sich im ganzen Garten aus.

"Die Alte ist eine Hexe!", tobte Herr Lavender. "Sie hat den Brunnen verzaubert!" Er wollte ihr seinen Anwalt auf den Hals hetzen, doch der hielt Herrn Lavender für verrückt. Hexen! Man lebte doch nicht mehr im Mittelalter. Vielleicht hatte ja nur das lockere Erdreich nach dem Ausreißen der Tulpen den

Brunnen verstopft ... Herr Lavender gestand sich ein, dass dies möglich wäre und machte sich erneut daran, den Garten nach seinen Vorstellungen herzurichten.

Die Elfenmütter konnten ihm aber nicht verzeihen. All die wunderbaren Elfenwiegen waren verloren gegangen, jede Nacht mussten sie nun ihre Kinder umhertragen, um sie in den Schlaf zu wiegen, und ihr klägliches Weinen zermürbte ihrer Mütter Ohren.

Egal, was Herr Lavender in seinem Gemüsegarten probierte, es ging schief. Die Elfen verscheuchten nun nicht mehr sämtliche Schnecken aus der Nachbarschaft aus dem Garten, sie hielten die Krähen nicht davon ab, den Garten zu verwüsten, sie baten den Regen nicht mehr, die Blumen zu gießen, denn die Elfenmütter waren viel zu erschöpft und müde von den schlaflosen Nächten mit ihren Kindern.

Und so geschah es, dass Herr Lavender eines Tages bei dem Großmütterchen im Armenhaus erschien. "Was auch immer ihr mit dem Garten gemacht habt, Hexe oder nicht, ihr könnt ihn wieder haben. Ich werde das Gefühl nicht los, dass der Garten nach euch verlangt, Nacht für Nacht höre ich feine Stimmchen, die euren Namen rufen. Es ist nicht zum Aushalten! So nehmt ihn denn wieder. Ich will euch die ausständige Miete erlassen, wenn ihr nur von nun an nicht säumig seid."

Und so zog Großmütterchen wieder in ihr altes Haus. Die Elfen hatten es bunt geschmückt, mit Rosenblüten als Teppich, Farnen als Bettstroh und einer Tischdecke aus feinst gewebten Baumflechten.

Sofort machte sich Großmütterchen wieder daran,

Tulpen zu pflanzen und bald schon hörte man die Elfenkindchen des Nachts wieder in ihren Wiegen schnarchen.

Großmütterchen achtete nun immer darauf, dass sie genügend Tulpenzwiebeln auch verkaufte, sodass sich die Tulpen und damit die Elfen überall im Land verbreiteten und sie ihre Miete zahlen konnte.

Und Herr Lavender wunderte sich, dass immer wieder eine Vase mit Tulpen auf seinem Tisch stand, aus denen lieblicher Gesang klang.

Der gefällte Baum

Es war einmal vor langer Zeit, auf einer Insel, die den Namen Hawaiiki trug, da lebte ein junger Mann namens Rata. Er war, wie all seine Freunde, ein geschickter Fischer, verbrachte seine Tage auf dem Meer und war stolz und mutig.

Eines Tages beschloss Rata, sich ein neues Kanu zu bauen, denn er wollte seine Freunde beeindrucken. Das Kanu, mit dem er nun zum Fischen ging, war bereits alt und nicht mehr das Schönste, gewiss nicht würdig eines Fischers wie ihm.

Also ging er in den Wald, um einen passenden Baum auszusuchen. Groß musste er sein und stark, gut gewachsen und mit nur wenigen Astlöchern. Es dauerte mehrere Tage, bis Rata endlich den rechten Baum fand, der ihm für sein neues Kanu gefiel. Sehr zufrieden ging er an jenem Abend nach Hause und malte sich aus, wie sein neues Kanu aussehen würde. Nun, da er den Baum gefunden hatte, aus dem er es schnitzen würde, konnte er es schon richtig vor sich sehen. Ein Prachtstück würde es werden!

Am nächsten Morgen nahm Rata seine Axt und eilte zu seinem Baum. Das Holz war hart, und es dauerte, bis er den mächtigen Stamm gefällt hatte. Den ganzen Nachmittag verbrachte er dann damit, sein Kanu zu formen. Die Holzspäne flogen nur so durch die Gegend, und Hieb für Hieb entstand die Aushöhlung, in der Rata und all die Fische, die er zu fangen hoffte, Platz finden würden. Doch die Sonne machte sich bereits daran, unterzugehen, und Rata war noch lange nicht fertig. Er wischte sich den Schweiß von der Stirn. Nun, er würde morgen weiterarbeiten. Erschöpft, aber zufrieden ging er nach Hause.

Als er am nächsten Morgen in den Wald kam, da war sein Kanu verschwunden. Wie war das möglich? Wer hätte sein wunderbares, halbfertiges Kanu gestohlen? Suchend sah Rata sich um, ob er irgendwelche Spuren entdecken könnte. Und da wurde ihm bewusst, dass auch der Baumstumpf des gefällten Baumes fehlte. Genaugenommen war der Stumpf schon hier, doch ebenso war der Baum da – als hätte Rata ihn nie gefällt. Rata war sehr verwirrt. Hatte er sich bereits so auf sein Kanu gefreut, dass er den gestrigen Tag nur geträumt hatte? Die Blasen an seinen Händen und die müden Muskeln in seinen Armen widerlegten diesen Gedanken.

Egal. Zauberei oder Traum, der Baum musste gefällt werden. Und so griff Rata erneut zur Axt und hieb den dicken Stamm erneut um. Wieder arbeitete er bis zum Abend an seinem Kanu, wieder konnte er es nicht vor Sonnenuntergang fertigstellen. Morgen aber, da würde er es schaffen …

Doch am nächsten Tag stand der Baum erneut aufrecht da, als wäre nichts geschehen.

So müde und erschöpft Rata auch war, es hatten ihn Ehrgeiz und Wut gepackt. Er arbeitete so hart er konnte, fällte den Baum zum dritten Male, hackte zum dritten Male die Öffnung in den Stamm. Als der Abend kam und das Kanu noch immer nicht fertig war, versteckte sich Rata in den nahen Büschen. Er würde denjenigen schon fangen, der sich hier einen Spaß mit ihm erlaubte!

Die Sonne war kaum untergegangen, da hörte er ein Rauschen in der Luft. Als Rata aufblickte, sah er hunderte Vögel, die neben dem halbfertigen Kanu landeten. Es wurden immer mehr, und sie alle begannen, die Holzspäne wieder zusammenzufügen und den Baum wieder aufzurichten.

Wütend sprang Rata aus seinem Versteck. "Was tut ihr da?! Das ist mein Kanu, lasst es in Ruhe!"

Er versuchte, die Vögel zu verscheuchen, doch es waren zu viele, und ehe er es sich versah, stand der Baum wieder da, als wäre nichts geschehen. Ungläubig klopfte Rata gegen den Stamm – er war wieder fest und wie aus einem Stück.

Verzweifelt ließ Rata sich neben dem Baum zu Boden sinken. Mit lautem Kreischen erhoben sich all die Tausenden Vögel wieder in den Himmel und flogen davon. Nur einer, ein Papageientaucher, blieb neben Rata sitzen. Rata sah den schwarzweißen Vogel an. Am liebsten hätte er ihm den Hals umgedreht. Da öffnete der Papageientaucher seinen bunten Schnabel: "Du hast etwas vergessen, Rata. Etwas Wichtiges."

Und der Vogel flog davon, ehe Rata etwas sagen konnte.

Nachdenklich ging Rata nach Hause. Tagelang brütete er über dem Satz des Vogels. Er wusste, dass es keinen Sinn hatte, den Baum zu fällen, solange er nicht herausfand, was er vergessen hatte.

Rata scheute sich, seine Freunde um Rat zu fragen.

Wahrscheinlich lachten sie ihn aus, weil er es nicht geschafft hatte, das Kanu zu bauen, von dem er ihnen schon so vorgeschwärmt hatte.

Er dachte an das Kanu. So schön hatte er es sich erträumt. Er hatte sich schon gesehen, wie er vor seiner ersten Ausfahrt die Götter um Segen für sein Kanu bat und er dann mit vollen Netzen heimkehren würde … Plötzlich wusste Rata, was er vergessen hatte.

Am nächsten Morgen eilte Rata in den Wald. Er hatte Früchte mitgebracht und die schönsten Blüten aus seinem Garten. Sorgfältig errichtete er einen kleinen Altar und betete zu Tane, dem Gott des Waldes.

"Verzeih, großer Tane, vor lauter Gier, mir ein schönes Kanu zu bauen, habe ich ganz vergessen, dich um Erlaubnis zu bitten. Bitte, großer Tane, schenke mir das Leben eines deiner Baumwesen, auf dass ich daraus ein prachtvolles Kanu bauen kann, dessen Schönheit alle bewundern. Ich will dein Geschenk in Ehren halten, auf dass dein Baum mich mit Freuden über das Wasser trägt."

Da verdunkelte sich der Himmel. Rata fürchtete, den Gott Tane wütend gemacht zu haben. Doch es waren die Vögel, die auf Tanes Ruf herbeigeflogen kamen, um Rata zu helfen, sein Kanu zu bauen.

Es wurde ein prächtiges Kanu, und wenn man genau hinsah, erkannte man an manchen Stellen die Spuren der Vogelschnäbel, die es bearbeitet hatten.

Rata taufte sein Kanu Tane Keiki – Kind des Waldgottes – und hielt es in Ehren, bis das Holz alt und morsch geworden war. Da nahm Rata sein Kanu und brachte es zurück in den Wald, an jene Stelle, wo er vor vielen Jahren vier Mal den selben Baum gefällt hatte. Und dort lag das alte Kanu nun, und als es wieder zu Erde wurde, erfuhren alle Bäume ringsum, wie es war, als Kanu über die Wellen zu gleiten.

Und Tane, der Waldgott, lächelte.

Philemon und Baucis

Neben einem alten Tempel stehen zwei große Bäume, eine knorrige Eiche und eine ausladende Linde. Sie wachsen eng beieinander und ihre Äste sind ineinander verschlungen, dass es schwer fällt, den einen Baum von dem anderen zu unterscheiden. Wer hier mit einem harten und verschlossenen Herzen vorbeikommt, der mag zwei miteinander kämpfende Wesen sehen. Doch wessen Herz weit und offen ist, der sieht die Wahrheit hinter diesen zwei Bäumen.

Denn die Eiche und die Linde waren einst Menschen, wie du und ich. Sie waren ein altes Ehepaar, bereits so lange miteinander verheiratet, dass keiner von beiden sich mehr an eine Zeit ohne den anderen erinnern konnte. Nun mag der eine oder andere sagen: "Ich wusste es doch, es sind streitende Wesen, die Bäume.", doch Philemon und Baucis waren keines jener Paare, die nur noch aus Gewohnheit zusammen waren und die, wie so manches alte Ehepaar, den Tag mit Keifen und Meckern verbrachten. Nein, die lange Zeit, die sie miteinander verbrachten, hatte sie wahrlich zu einem Herz und einer Seele werden lassen. Sie kannten den anderen besser als die Falten in ihrem eigenen Gesicht, und sie waren beide mit dem Alter mild und zufrieden geworden, dankbar für jeden Morgen, den sie neben dem anderen erwachten.

Sie waren arme Leute, die nur in einer armseligen Hütte am Waldrand lebten, doch sie waren mit ihrem Leben zufrieden. Sie taten, was sie konnten, und was sie nicht mehr tun konnten, sollte wohl nicht getan werden.

Eines regnerischen Tages geschah es, dass es an ihre Türe klopfte. Wie immer gingen sie beide, um zu öffnen. Da standen zwei Bettler vor ihnen, in schäbige Mäntel gekleidet, das Haar und Bart wirr und dreckig.

"Verzeiht", sagte der etwas rundlichere Bettler, "wir sind arme Männer, müde und hungrig. Hättet ihr vielleicht ein wenig zu essen für uns?"

Wie aus einem Mund antworteten Philemon und Baucis: "Wir haben nicht viel, nur Brot und frisches Wasser, aber ihr seid herzlich willkommen, es mit uns zu teilen. Niemand soll hungern müssen."

Da verbeugten sich die beiden Bettler und traten ein. "Wir danken euch für eure Güte. Wir haben an sämtliche Häuser dieses Ortes geklopft, doch niemand wollte uns einlassen. Mit dem Besen hat man uns verjagt, uns die Türe vor der Nase zugeschlagen."

Baucis scheuchte eine Katze vom Sessel weg und stellte den Stuhl vor das Feuer. Philemon scheuchte einen dünnen alten Hahn von dem anderen Sessel und stellte auch diesen ans Feuer: "Nehmt Platz, damit eure Kleider trocknen können."

Gemeinsam trug das alte Ehepaar den wackeligen Tisch näher an den Kamin heran, holte zwei abgeschlagene Teller aus dem Kasten, zwei tönerne Becher und stellten Brot und eine Karaffe mit Wasser vor den beiden Gästen hin.

Philemon begann, das Brot in Scheiben zu schneiden. Baucis nahm die Karaffe und wollte den beiden Bettlern gerade einschenken, als ihre Hand zu zittern begann und ihre Augen groß wurden. Statt dem frischen Brunnenwasser floss dunkler, roter Wein in die Becher. Sie schnappte nach Luft und warf einen ängstlichen Blick auf Philemon, dessen Brot sich in einen duftenden Braten verwandelt hatte.

Sie starrten die beiden Bettler an. Lächelnd standen die zwei schäbig gekleideten Männer auf und warfen ihre Bettlermäntel von sich. Helles Strahlen erfüllte die kleine Hütte, denn vor ihnen standen Gottvater Zeus und der Götterbote Hermes.

"Ach du meine Güte!", entfuhr es Baucis. Das Ehepaar fiel vor den beiden Göttern auf die Knie. "Verzeiht uns, dass wir es wagten, euch nur Brot und Wasser anzubieten!"

Philemon sprang auf: "Das Huhn! Ich werde den alten Hahn für euch schlachten! Lasst uns unsere schlechte Gastfreundschaft wieder gut machen! Wir haben euch Essen serviert, das eines Gottes nicht würdig ist, verzeiht!"

Der alte Mann versuchte den Hahn einzufangen. Panisch stob das Federvieh durch die Stube, laut gackernd und mit den Flügeln schlagend. Baucis versuchte, ihrem Mann zu helfen, doch auch wenn der Hahn alt war, er war dennoch schneller als die beiden alten Leute und flüchtete sich in Zeus' Arme.

"Halt!", sagte Zeus. "Lasst den armen Vogel leben. Ihr habt uns mehr als genug Gastfreundschaft bewiesen, mehr als sonst jemand in eurem Ort. Ihr habt gegeben, was ihr konntet, deshalb wollen wir euch geben, was ihr wollt."

Als die beiden alten Leute, ein wenig außer Atem von der Jagd nach dem Hahn, den obersten Gott nur verständnislos ansahen, erklärte Hermes es ihnen genauer: "Ihr habt einen Wunsch frei. Zeus erfüllt euch einen Wunsch, egal wie groß er sei. Reichtum, ewiges Leben, Jugend..."

Philemon und Baucis sahen einander an. Sie lächelten und sagten wie aus einem Munde: "Wir wollen nur immer beisammen sein. Wenn wir sterben, so erfüllt uns den Wunsch, dass wir im selben Moment vom Tod geholt werden, damit nicht einer um den anderen trauern muss."

Die Götter nickten. "So sei es."

Und damit verschwanden sie, während der duftende Braten und der schwere Wein für Philemon und Baucis zurückblieben.

Die beiden umarmten einander. Keiner zweifelte daran, dass sie den rechten Wunsch getan hatten. Sie brauchten weder Reichtum noch ewiges Leben, noch Jugend, solange sie einander hatten.

Am nächsten Morgen, als sie aufwachten, staunten sie dennoch. Was einst eine schäbige Hütte gewesen war, stand nun als prächtiger Tempel da. Sie nahmen die Aufgabe, die ihnen die Götter für ihr restliches Leben gegeben hatten, ohne Zögern an.

Viele Jahre kümmerten sie sich um den heiligen Ort, empfingen Pilger und dienten den Göttern. Bis zu jenem Tag, als sie beide im gleichen Moment ihren letzten Atemzug taten und Hand in Hand starben.

Man begrub sie vor dem Tempel. Und weil Götter ihre Versprechen einhalten, so wuchsen aus ihren Gräbern bald zwei Bäume. Eine Eiche aus Philemons und eine Linde aus Baucis' Grab. Die Äste der Bäume schlangen sich ineinander, wie einst die Finger ihrer Hände.

Und so war es Philemon und Baucis beschieden, für immer zusammen zu sein.

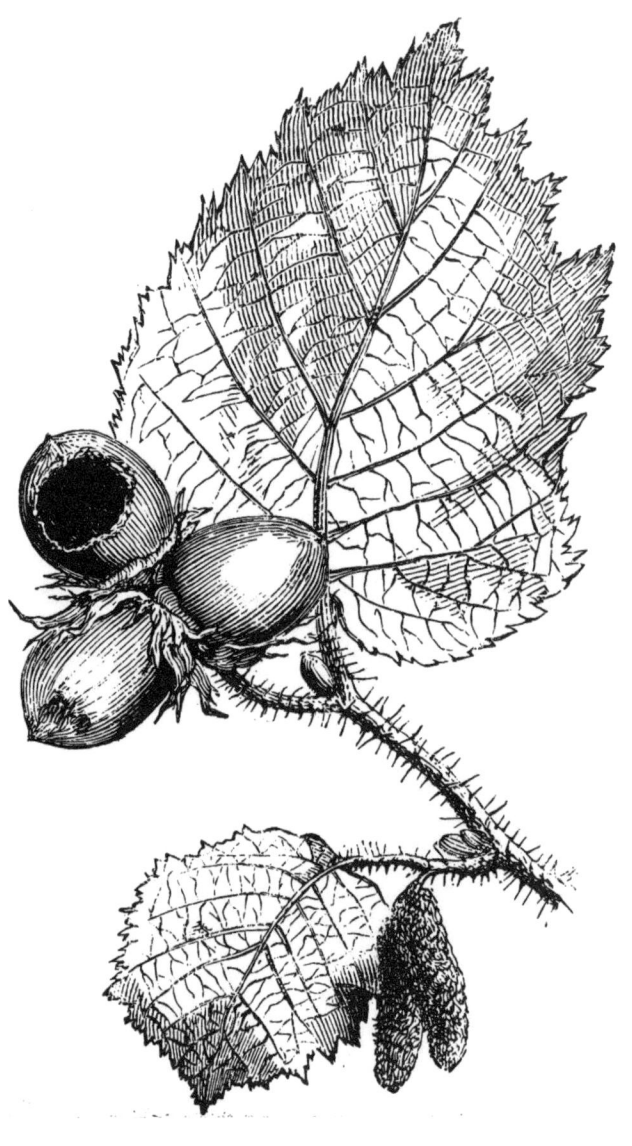

70

Tschiklemfusa

Es war einmal, vor langer Zeit, da lebte ein junges hübsches Mädchen namens Tschiklemfusa. Sie war ein Mädchen, das sehr wohl für sich einstehen konnte, wie alle Mädchen in jener Zeit, doch als ihre Mutter starb, da geriet sie doch in Bedrängnis. Ihr Vater nämlich – sei es aus Trauer um seine verstorbene Frau, sei es, weil Tschiklemfusa ihr glich, er setzte es sich in den Kopf, seine Tochter zu ehelichen. Und das war selbst in jenen alten Zeiten nicht üblich!

Tschiklemfusa lief in den Wald, jenen Ort, der Gefahr und Schutz zugleich war, und rief die Göttin Gaia um Hilfe. Und Gaia kam, wie sie immer zu jenen kam, die sie um Beistand baten.

Sie hörte sich Tschiklemfusas Problem an und erbot sich, ihr zu helfen. Sie murmelte geheimnisvolle Wörter und vollführte geheimnisvolle Bewegungen mit den Armen. Tschiklemfusas Augen wurden schwerer und schwerer und als sie sie wieder öffnete, da sah alles anders aus. Das Gras war ein wenig höher geworden, schien es ihr, und die Göttin war noch größer als zuvor.

Tschiklemfusa fuhr sich mit der Hand ins Gesicht und staunte – die Hand vor ihren Augen war nicht mehr zart und langgliedrig, sondern glich eher Wurstfingern. Als sie an sich hinabblickte, da sah sie vor allem – Rundungen. Rundungen, wo bis dahin keine gewesen waren. Ihre mädchenhaften Brüste

71

waren zu mächtigen Wölbungen geworden, ihr flacher Bauch hatte sich gerundet und statt ihres zarten Popos zierte nun ein dickes Hinterteil ihre Rückseite. Neugierig blickte Tschiklemfusa in den Teich, neben dem sie saß. Und da blickte ihr eine kleine, kugelrunde Frau entgegen, gewiss keine Schönheit mehr. Dies war also die Lösung der Göttin? Tschiklemfusa hatte auf etwas weniger Veränderndes gehofft. Sie hatte überhaupt nicht damit gerechnet, dass die Göttin sie verändern könnte und nicht den liebeshungrigen Vater!

Gaia lächelte sie an. "Nun, liebe Tschiklemfusa, ich erfülle Wünsche und löse Probleme, aber das heißt nicht, dass ich es auf die Art und Weise mache, die die Menschen sich erhoffen. Glaube mir, ich weiß schon, was ich tue. Geh ins Schloss und bitte um Arbeit in der Küche. Und mach dir keine Sorgen, ich habe dich mit großen Talenten im Kochen ausgerüstet."

Die Göttin reichte Tschiklemfusa noch einen Mantel, gefertigt aus den Rinden und Blättern der Bäume des Waldes. "Dieser Mantel wird dir gute Dienste leisten. Komme des Nachts ruhig damit in den Wald, und du wirst die Stimmen der Natur verstehen. Der Wald ist immer da, dir zu helfen."

Was blieb Tschiklemfusa anderes übrig, als zu tun, was die Göttin verlangte. Sie hatte um Hilfe gebeten und anscheinend Hilfe erhalten. Man diskutierte nicht mit Göttinnen. So wanderte Tschiklemfusa zum Königsschloss. Niemand warf ihr begehrliche Blicke nach, niemand pfiff hinter ihr her. Erst war sie ein wenig irritiert, doch dann empfand sie das zu ihrer eigenen Überraschung als äußerst angenehm.

Im Schloss bat sie um eine Stelle in der Küche. Die Hausdame musterte sie kritisch von oben herab, so eine kleine und so eine runde Person hatte sie noch nie gesehen. "In der Küche? Was kannst du denn?"

"Ich kann ganz ausgezeichnet kochen", erwiderte Tschiklemfusa und wunderte sich, dass ihr das so leicht über die Lippen kam.

"Nun gut", sagte die Köchin, die einen schlechten Tag hatte und nichts anderes wollte, als ihre Ruhe haben. "Dann zeig doch mal, was du kannst. Heute Abend hat der König Gäste, wir brauchen ein Festessen."

Tschiklemfusa holte sich einen Schemel, um überhaupt auf den Herd blicken zu können. Die Küchenmägde kicherten. Tschiklemfusa begann zu schwitzen. Sie hatte noch nie in ihrem Leben gekocht! Doch sie vertraute auf die Göttin Gaia und nahm den Kochlöffel zur Hand. Und tatsächlich, wie von Zauberhand begannen ihre Hände in rasantem Tempo zu rühren, zu schneiden, zu hacken. Da staunten alle nicht schlecht – und Tschiklemfusa am allermeisten!

Als das Essen fertig war, trugen die Bediensteten es hinauf in den großen Saal. Tschiklemfusa setzte sich auf ihren Schemel und wartete. Würde man sie nun gleich wieder hinauswerfen? Das wäre zu schade, denn sie war schon einmal hier in diesem Schloss gewesen, auf einem Ball, und der Prinz, der war allerliebst. Sie wollte ihre Stelle gerne behalten.

Man rief die Köchin in den Saal und Tschiklemfusa begann zu zittern. Dann rief man auch sie in den Saal.

Hinter der langen Tafel saßen der König und die Königin und der allerliebste Prinz. Sie hielten sich alle die Bäuche – aber sie strahlten über das ganze Gesicht!

"Soso, du bist also die neue Köchin", sagte der König und er musste herzhaft lachen, als er die kleine, runde Frau da vor sich stehen sah. "Ich habe noch nie so gut gegessen! Ab heute sollst du meine Oberköchin sein!"

Tschiklemfusa warf einen ängstlichen Blick auf die alte Oberköchin, denn sie wollte ihr wahrhaftig nicht ihre Stelle wegnehmen. Doch die lächelte nur, selig daran denkend, dass sie nun öfter mal die Beine hochlegen konnte.

Und so wurde die kleine kugelrunde Tschiklemfusa Köchin. Abends schlief sie neben dem Herd, eingehüllt in den Umhang der Göttin Gaia, und das Singen und Raunen des Waldes vor dem Fenster wiegte sie in den Schlaf. Oft musste sie lachen, wenn sie den Geschichten lauschte, die die Bäume einander erzählten, und manchmal da träumte sie davon, mit dem allerliebsten Prinzen durch den Wald zu spazieren.

Manchmal, da schlich Tschiklemfusa sich abends auch in den Wald und sie sang und tanzte mit den Tieren und den Bäumen, und Gaia nahm sie in ihre Arme und wiegte sie in den Schlaf. Eines Abends führte Gaia Tschiklemfusa an eine Gruppe von Bäumen heran. Zart klopfte sie gegen drei Stämme, und von jedem der Bäume fiel eine Nuss herab. Gaia reichte die drei Nüsse – eine Walnuss, eine Kastanie und eine Haselnuss – Tschiklemfusa und erklärte ihr, dass diese Nüsse ein Geheimnis bargen, das ihr noch von Nutzen sein werde.

Nun kam die Zeit, da der Prinz heiraten sollte. Man veranstaltete einen Ball, zu dem man alle Prinzessinnen und Edelfrauen des Landes lud, damit er eine zur Frau wählen konnte. Tschiklemfusa kochte natürlich das Gastmahl, aber sie wollte auch unbedingt zu dem Fest gehen, denn sie verehrte den Prinzen schon lange – er war ja auch wirklich allerliebst.

Als der Prinz in die Küche kam, um sich vor dem Ball eine Jause zu holen, da sagte sie: "Nehmt mich mit auf den Ball! Bitte, lieber Prinz."

Der Prinz lachte und warf ihr das Brot an den Kopf, von dem er sich gerade ein Stück abgeschnitten hatte. Dann eilte er davon, als Prinz hatte er ja Wichtiges zu tun.

Tschiklemfusa schlich sich aus der Küche, als sie mit dem Kochen fertig war, warf sich ihren Rindenumhang um, lief in den Wald und klopfte die Walnuss auf. Heraus kam ein Kleid in der Farbe des Meeres, so fein gewebt, dass man die Fische schwimmen und die Wellen tanzen sah. Sie betrachtete das Kleid und betrachtete ihre Figur – wie sollte sie mit ihren jetzigen Rundungen da hineinpassen? Aber als sie hineinschlüpfte, da saß es wie angegossen, denn Tschiklemfusa hatte ihre alte Figur zurück und ihre alte Schönheit. Die Bäume

75

verbeugten sich vor Bewunderung und klatschten mit ihren Ästen Beifall.

So betrat Tschiklemfusa den Ballsaal. Der Prinz verliebte sich sofort in sie und tanzte den ganzen Abend nur mit ihr. Wütend stellten die eingeladenen Prinzessinnen und Edelfräulein fest, dass der mögliche Bräutigam sie nicht einmal eines Blickes mehr würdigte, seit diese Meeresschönheit den Saal betreten hatte.

"Sag, woher kommst du?", bedrängte der Prinz Tschiklemfusa.

"Aus Brotland", antwortete sie. Und ehe es Mitternacht schlug, schlüpfte sie hinaus und war verschwunden.

Nun war der Prinz krank vor Liebeskummer. Überall ließ er nach der geheimnisvollen Prinzessin suchen. Oft saß er in der Küche bei einer Tasse Kakao und jammerte, wie er nur diese wunderschöne Frau wiederfinden solle.

"Veranstalte doch noch einen Ball", riet ihm da die kleine Tschiklemfusa, "gewiss kommt sie wieder." "Das ist eine großartige Idee!", rief der Prinz und wollte schon hinaus eilen, da rief Tschiklemfusa ihm nach: "Bitte, nimm ich mit zum Ball!"

"Ich kann dich nicht mitnehmen. Du kochst zwar so gut wie keine andere und hast die besten Ideen, aber du bist eine hässliche kleine Küchenperson", sagte der Prinz kalt und warf ihr den Löffel aus seinem Kakao an den Kopf.

Wieder eilte Tschiklemfusa nach der Arbeit in ihrem

Umhang nach draußen und öffnete die Kastanie. Heraus kam ein Kleid in der Farbe des Himmels. Bewegte sie sich darin, dann schien die Sonne aufzugehen. Die Bäume des Waldes schwiegen ehrfürchtig still, so schön war sie.

Als sie den Ballsaal betrat, hielten alle den Atem an, geblendet von so viel Schönheit. Wieder tanzte der Prinz den ganzen Abend mit ihr, ach, wie war es herrlich! "Bitte, sag mir doch, woher du kommst, ich habe dich überall gesucht, keiner meiner Boten konnte aber Brotland finden."

"Ich komme ja auch aus Löffelland", sagte Tschiklemfusa. Der Prinz hielt sie diesmal viel fester im Arm, als wolle er verhindern, dass sie ihm entwischte. Doch als es Mitternacht schlug, da wand sie sich aus seinen Armen und eilte davon. Der Prinz hatte seine Wachen beauftragt, ihr zu folgen, doch Tschiklemfusa rief den Sturm zu Hilfe und er blies sie alle um, dass sie auf ihren Hinterteilen landeten.

"Nun gut", sagte der Prinz, "dann veranstalte ich eben noch einen Ball." Als er sich schlecht gelaunt in der Küche nach dem Speiseplan erkundigte, da bat Tschiklemfusa ihn erneut, sie doch zum Ball mitzunehmen. Er beschimpfte sie und warf ihr eine Bürste an den Kopf.

Diesmal brach Tschiklemfusa die Haselnuss auf und heraus kam ein Kleid so dunkel wie die Nacht, das glitzerte wie der Sternenhimmel.

"Wie kannst du nur immer weglaufen, wie kannst du mir das antun?" jammerte der Prinz, als er mit ihr tanzte. "Woher kommst du nur? Inzwischen habe ich all meine Boten schon überall hingeschickt, aber kein Einziger hat je etwas von Löffelland gehört – ich habe dich bei der lauten Musik wohl nicht richtig verstanden, also bitte, sag mir endlich klar und deutlich, woher du kommst!"

"Ich komme aus Bürstenland", sagte Tschiklemfusa. Also, nun hätte der Prinz schön langsam aber wirklich kapieren können, was hier los war, aber er war so mit seinen eigenen Gefühlen beschäftigt, dass er die Frau in seinen Armen gar nicht richtig wahrnahm. Hätte er ihr nur tief in die Augen geblickt, hätte er vielleicht den klugen Blick der kleinen Köchin erkannt. Er hielt sie so fest, dass es Tschiklemfusa weh tat und so wartete sie gar nicht Mitternacht ab und lief davon.

Als die Wachen sie aufhalten wollten, da umfing sie tiefschwarze Nacht und sie sahen rein gar nichts. Eine Weile noch stolperten sie durch die Dunkelheit und stießen sich die Köpfe an, ehe sie unverrichteter Dinge zu dem Prinzen zurückkehrten.

Tschiklemfusa lief hinaus in den Wald und rief die Göttin Gaia. "Was soll ich tun? Er ist hübsch und allerliebst, aber er ist ein Trottel, er sieht mich nicht und kapiert es nicht. Er will ein hübsches Püppchen an seiner Seite, keine Gefährtin."

"Nun, wenn du willst, so kannst du für alle Zeit deine schöne Gestalt wieder haben, den Prinzen heiraten und Königin werden. Oder du bleibst die kleine runde Tschiklemfusa, die geliebte Köchin. Übereile nichts, du hast Zeit, dich zu entscheiden."

Tschiklemfusa setzte sich unter die kleine

Baumgruppe, die ihr die Nüsse geschenkt hatte, und beriet sich mit ihnen. Sie lauschte ihrem Blätterrauschen, dem leisen Ächzen ihrer dicken Äste. Dann tanzte und sang Tschiklemfusa die ganze Nacht mit den Tieren und wiegte sich mit den Bäumen im Wind. Sollte sie das für den Prinzen aufgeben?

Am nächsten Morgen kam der Prinz in die Küche und Tschiklemfusa stand wie immer auf ihrem Schemel und kochte Kakao für ihn. Der Prinz jammerte und klagte, doch als Tschiklemfusa ihm den Kakao und ihren wunderbaren Zimttoast hinstellte, da nahm er sie auf den Schoss und seufzte. "Ach, Tschiklemfusa, warum muss alles so kompliziert sein."

Und die kleine, runde Tschiklemfusa lachte und sie dachte: der läuft mir nicht weg.

(basierend auf einer Märchenbearbeitung
von Luisa Francia)

Barbaras Rhabarber

(laut zu lesen)

Es war einmal ein junges Mädchen namens Barbara, das lebte in einem kleinen Dorf. Dort war sie allseits bekannt für ihre Backkünste. Vor allem ihr Rhabarberkuchen erfreute sich größter Beliebtheit. Und weil die Leute im Dorf den anderen Menschen gerne besondere Namen geben, so war sie bald als die Rhabarberbarbara bekannt.

Als Rhabarberbarbara älter wurde, beschloss sie, ein Lokal aufzumachen. Warum sollte sie nicht mit dem Geld verdienen, was sie am liebsten tat? Und so eröffnete sie bald eine Bar, ihre Rhabarberbarbarabar.

Ihre Bar war bald berühmt, landauf und landab, denn es gab dort schließlich den besten Rhabarberkuchen.

Bald hatte sie haufenweise Stammgäste, darunter drei Barbaren, die so oft zu ihr kamen, dass man sie im ganzen Ort die Rhabarberbarbarabarbarbaren nannte.

Und wie es sich für Barbaren gehörte, hatten auch die Rhabarberbarbarabarbarbaren dicke, prächtige Bärte, richtige Rhabarberbarbarabarbarbarenbärte.

Und so ein Rhabarberbarbarabarbarbarenbart will ordentlich gepflegt werden, auch wenn man ein Barbar ist. Und so gingen jede Woche die Rhabarberbarbarabarbarbaren zum Barbier.

Und weil man als Barbier heutzutage für jede

Werbung froh sein muss, nannte der sich ab diesem Zeitpunkt einfach Rhabarberbarbarabarbarbarenbartbarbier.

Der Rhabarberbarbarabarbarbarenbartbarbier kannte von den Rhabarberbarbarabarbarbaren Rhabarberbarbaras wunderbaren Rhabarberkuchen und trank dazu – auch wenn das wohl nicht jedermanns Geschmack ist, gerne ein Bier. Kein normales Bier, sondern ein ganz besonderes Rhabarberbier. Und weil das ein ganz bestimmtes Bier war, so nannte er es sein Rhabarberbarbarabarbarbarenbartbarbierrhabarberbier.

Dieses Rhabarberbarbarabarbarbarenbartbarbierrhabarberbier konnte man nur in einem einzigen Lokal im ganzen Ort bekommen, der Rhabarberbarbarabarbarbarenbartbarbierrhabarberbierbar.

In der Rhabarberbarbarabarbarbarenbartbarbierrhabarberbierbar, in die der Rhabarberbarbarabarbarbarenbartbarbier oft am Abend ging, gab es eine nette junge Kellnerin, die hieß Bärbel.

Nach dem Stutzen der Rhabarberbarbarabarbarbarenbärte geht also der Rhabarberbarbarabarbarbarenbartbarbier gerne mit den Rhabarberbarbarabarbarbaren in die Rhabarberbarbarabarbarbarenbartbarbierrhabarberbierbar zur Rhabarberbarbarabarbarbarenbartbarbierrhabarberbierbarbärbel auf ein Rhabarberbarbarabarbarbarenbartbarbierrhabarberbierbarbier.

Und was der Rhabarberbarbarabarbarbarenbartbarbier in der Rhabarberbarbarabarbarbarenbartbarbier-

rhabarberbierbar bei seinem Rhabarberbarbarabarbarbarenbartbarbierrhabarberbierbarbier mit der
Rhabarberbarbarabarbarbarenbartbarbierrhabarberbierbarbärbel so plaudert -

nun, das ist wohl wirklich sein Bier!

(dies ist eindeutig die Geschichte, die bei meinen
Veranstaltungen von mir beim Erzählen am allermeisten
Konzentration abverlangt...)

Von Marion Wiesler ebenfalls erschienen:

Unter ihrem Erzählerinnennamen Mariou sind auch
noch folgende Bücher erschienen:

ಏೃ

Mariou
Lumpenkind und Silberbaum
Geschichten der keltischen Tradition

Neun keltische Lieblingsgeschichten der Erzählerin
Mariou. Über das schwere Leben, das der Tod führt,
über Pechvögel und Glückskinder, Liebende und
Suchende.
ISBN 978-3739236032

ಏೃ

Mariou
Rosenmaid und Eichenfreund
Märchen aus dem Pflanzenreich

Zehn Pflanzengeschichten der Erzählerin Mariou.
Über die Unterwelt und das Wolkenreich,
Wundermittel und Zauberkraft und natürlich, wie in
so vielen Märchen, über die Liebe.
ISBN 978-3837080629

ಏೃ

Historische Romane
der Autorin Marion Wiesler

Culm 27 v. Chr.
Schicksalsjahr der Kelten

Im ersten Band der Geschichte des Kulms wird das Dorf Ardudunum, das auf dem Gipfel des Berges liegt, von einem schlechten Omen bedroht. Ungewöhnliche Verbündete und mächtige Gegner warten auf den Druidenschüler Gair im Kampf um sein Leben und seine Liebe.

ISBN 978-3739207841

Chulm Anno Domini 1349
Das Jahr der Pest

Im zweiten Band der Geschichte des Kulm muss die Köchin Martha aus ihrer Burg am Fuße des Berges vor der Pest fliehen. Als vom Schicksal Getriebene ist sie auf der verzweifelten Suche nach einem neuen Platz für ihr Leben. Es verschlägt ihre Gefährten und sie auf den Kulm, doch sind sie dort sicher?

ISBN 978-3741281471

Kulm 1918
Ende und Anfang

Im letzten Band der Geschichte des Kulm neigt sich der erste Weltkrieg dem Ende zu und hat auch im abgelegenen Puch seine Spuren hinterlassen. Karoline, Tochter eines reichen Geschäftsmanns, versucht, ihren Seelenfrieden und ihre alte Liebe wiederzufinden.

ISBN 978-3746079097

Über die Autorin

Marion Wiesler lebt nach ausgedehnten Reisen um die Welt mit ihrer Familie in der Steiermark. Ursprünglich vom Theater und der Schauspielerei kommend, hat sie im Geschichtenerzählen ihre Berufung gefunden.

Egal ob in Schulen, auf Erzählveranstaltungen, bei Hochzeiten oder Geburtstagen, ob alleine oder in ihren Duo-Programmen mit ErzählkollegInnen, Marious Veranstaltungen sind immer von großer Lebendigkeit und Humor geprägt.

Neben ihrer Tätigkeit als Erzählerin schreibt sie aber auch Romane. Inspiriert von ihrem Hausberg, dem Kulm, entstand eine Trilogie historischer Romane, die alle auf und um den Kulm spielen.

Wer Mariou nicht live erleben kann, findet auf ihrer Homepage www.es-war-einmal.at einige Videos von Auftritten.

ᴀ᛭ᴄ

Geschichten sind Wunder-voll!

ᴀ᛭ᴄ